U0634823

周莲珊 主编

珍 著

唐诗仙

山西出版传媒集团 山西教育出版社

图书在版编目（CIP）数据

盛唐诗仙／贾月珍著. —太原：山西教育出版社，
2018.9（2020.6重印）
（"一带一路"人物传奇／周莲珊主编）
ISBN 978 - 7 - 5440 - 9744 - 4

Ⅰ. ①盛… Ⅱ. ①贾… Ⅲ. ①长篇小说—中国—当代
Ⅳ. ①I247. 5

中国版本图书馆 CIP 数据核字（2017）第 315603 号

盛唐诗仙
SHENGTANG SHIXIAN

出 版 人　雷俊林
选题策划　李梦燕
编辑统筹　朱 旭
责任编辑　许亚星　李 飞
复 　 审　李梦燕
终 　 审　康 健
装帧设计　陈 晓
印装监制　蔡 洁

出版发行　山西出版传媒集团·山西教育出版社
　　　　　（太原市水西门街馒头巷7号　电话：0351 - 4729801　邮编：030002）
印 　 装　阳谷毕升印务有限公司
开 　 本　850×1168　1/32
印 　 张　7.5
字 　 数　139千字
版 　 次　2018年9月第1版　2020年6月第3次印刷
书 　 号　ISBN 978 - 7 - 5440 - 9744 - 4
定 　 价　22.00元

如发现印、装质量问题，影响阅读，请与印刷厂联系调换。电话：0635 - 6173567。

《"一带一路"人物传奇》总序

周莲珊

"一带一路",指的是"丝绸之路经济带"和"21世纪海上丝绸之路"。2013年9月和10月,中共中央总书记、国家主席习近平在出访中亚和东南亚国家期间,先后提出共建"丝绸之路经济带"和"21世纪海上丝绸之路"的合作倡议,得到国际社会高度关注。

习近平同志"一带一路"倡议,旨在借用古代丝绸之路的历史符号,积极发展与沿线国家的伙伴关系,促进包括欧亚大陆在内的世界各国共同发展,构建一个互惠互利的利益、命运和责任共同体。

加强合作,建设更加美好的未来,意味着我们不仅要开拓思路,积极顺应世界发展的潮流,更应该向历史学习,吸收其中的营养,汲取经验和力量,为未来的发展注入新鲜活力。

2013年以来,中国图书市场上关于"一带一路"的图书选题就已层出不穷,总体看下来,大多都是学术研究型、理论型和史料型的图书。经过对图书市场关于"一带一路"选题持续一年多的调查分析,我们深深感到,有必要为我们的普通读者,尤其是广大的青少年读者，以及数百万的中小学老师和家长，策划、出版一套表现中华民族开拓"丝绸之路"这个伟大主题的、用文学的形式来诠释"一带一路"倡议思想精华的图书。

我们将目光聚焦在长篇小说这一领域。小说属于文学创作，可以把历史梳理得更透彻，把历史人物写得更生动，把历史故事讲述得更动听，把中国文学的语言美发挥得更淋漓尽致。这样，创作出来的作品，会更利于读者接受和理解，更利于我们传播"一带一路"倡议，激发读者更多的自豪感！我们的思路是这样的：以史为基，又不囿于历史，在史实的基础上，进行适度的文学创作，用优美的文字，结合环环相扣的动人的故事情节，塑造栩栩如生的人物形象，将在丝绸之路上做出过杰出贡献的人物，用长篇小说的形式表现出来，既普及相关历史知识，又增强可读性，给读者以文学的滋养。

思路清晰之后，经过与出版社的沟通，首先，我们从"陆上丝绸之路"和"海上丝绸之路"的相关历史人物中挖掘、筛选，确定了十位代表人物；其次，我们围绕着这十位代表人物，放眼国内作家，确定了十位中青年作家执笔，共同创作这套系列丛书。

我们这套书的写作，约请的都是活跃在当代中国文坛的中青年作家——

《西域使者》分册，由辽宁省文化艺术研究院作家编剧李铭执笔。他的多部小说作品获辽宁省文学奖、《鸭绿江》年度小说奖等。

《羊皮手记》分册，由"90后"作家范墩子执笔。他是陕西文学院签约作家，鲁迅文学院第32届作家高级研修班、西北大学作家班学员。

《智取真经》分册，由本名金波的若金之波执笔。他2014年起转型从事儿童文学创作，《妈妈的眼泪像河流》等四部图书获2009年度冰心儿童图书奖。

《妙笔丹青》分册，由辽宁省作家协会第十届签约作家叶雪松执笔。他是鲁迅文学院第二十届少数民族作家班学员。

《丝路女神》分册，由福建省作家协会会员慕榕执笔。他是中国寓言文学研究会会员，现供职于福建少年儿童出版社。

《丝路奇侠》作者周莲珊，儿童文学作家，图书策划人。多部作品获冰心儿童文学奖、"中日友好儿童文学奖"一等奖等。策划的图书曾荣获冰心图书奖和2012年辽宁省"五个一"工程奖等。

《楼兰楼兰》分册，由军旅作家张曙光执笔。他现任职于武警总部政治工作部《人民武警报》社。

《跨海巡洋》分册，由全国十佳教师作家陈华清执笔。她是广东省作家协会会员，中国散文学会会员，湛江市作家协会副主席。

《圣殿之路》分册，由中国作家协会会员赵华执笔。他是中国科普作家协会会员，鲁迅文学院第六届高研班学员。曾获全国优秀儿童文学奖、华语科幻星云奖、冰心儿童新作奖等多个奖项。

《盛唐诗仙》分册，由蒙古族儿童文学作家贾月珍执笔。她是鲁迅文学院第12期少数民族作家班学员，曾获第十一届索龙嘎文学奖（内蒙古自治区最高文学奖）。

确定了人物，找好了作者，要写好这个系列的书稿，创作难度依然非常之大。每一本书，每一个人物，每一个章节，每一个故事……主编、作者、编辑，来来回回，反反复复，推敲，修改，研磨，追寻创作素材，深挖历史人物背后的故事。过程中的艰辛，历历在目。

终于，丛书成稿。

无论主编、作者还是编者，我们共同的目标，就是给读者以更丰富的精神食粮，让读者通过生动优美的文字、扣人心弦的故事、启迪人心的人物，获得全新的视角，得到更加丰富的阅读体验，进而增强民族自豪感，以更饱满的热情进行我们的国家建设。

在创作过程中，每位作者都研究、阅读了大量国际、国内有关历史研究，并参考了海量的相关图书和资料。但百密一疏，即使这样，书中难免出现这样或者那样的不足或错误，恳请读者在阅读过程中，发现错误，批评指正。

主编：周莲珊，儿童文学作家，儿童图书策划人。多部作品获冰心儿童文学奖、"中日友好儿童文学奖"一等奖。策划、主编的图书曾荣获冰心图书奖和2012年辽宁省"五个一"工程奖等。出版长篇小说三十多部，童话集、儿童绘本、长篇励志版名人传记等多部。

目 录

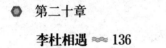

第一章

≈

李花一树白

四川北部彰明县青莲乡，如它的名字，湖水清清，莲花香远。岸上青竹葱葱，云雾笼罩。五彩的野花夹于树丛间，拂向水面；光滑的湖石，造型各异。青蛙时而跃到石上，时而后足一蹬潜入水里。莲叶田田，轻轻晃动，湖面很快归于平静，长腿青蛙便这样轻而易举地逃之夭夭了。

这动静相宜的景色本身就是一部诗集。青莲居士的童年便是在这部诗集里度过的。

青莲居士是谁？正是我们这本书的主人公，盛唐诗仙李白。他自号青莲居士，这名号便来源于他的故乡。

没错，他是一位古人，一位古代的诗人，纵贯古今，红了一千多年。如今，不知道有多少外国留学生到了中国，也立刻给自己取名为李白。他的粉丝遍布全世界，一代一代，不计其数。

因此，我们无比好奇，这样如仙一般存在于中国历史及文学史上的人物是怎么炼成的？

好多电视剧中称唐朝为大唐。因为那时唐太宗李世民开疆拓土，中国的疆土的确不小。李白的祖籍，有人说是陕西，有人说是西域。西域的人多以经商为主，在内陆和边疆之间贩卖物品。久而久之，西域出现了许多大富豪、大商人。据说李白的父亲开有很多分号，也就是现在的连锁店，多出售些珠宝首饰、奇珍异货等。

后来，这些商人们决定选一个山清水秀的地方定居。于是许多同乡一块儿选定了四川北部彰明县青莲乡。青莲乡有一处地方，面水背山，道路通畅，空气清新，百鸟啼鸣，他们就在这里造屋建舍。男人们学着耕田、驾牛，女人们学着纺织、缝补。他们中大多数人取了汉人的姓和名。但是毕竟他们属于另一个民族，无论男女，相比于川蜀一带的人，都身形高大，浓眉大眼，颧骨高，五官开阔。有些男人眉毛胡须均自然卷曲。女人则面容白皙透粉，眉毛黑而狭长，睫毛浓密且微微上翘，脖子细长，头发略显金棕色。平日里，她们成群结队地到湖边取水、洗衣，结伴到集市上兜售一些带有西域风情的手工艺品。当地人称她们为蛮婆，而他们聚集的地方则称作蛮婆渡。

李白的父亲追随当时皇族的姓氏李，而名字就由乡邻们起了，叫作李客。言外之意，他是西域来的客人。

　　这位大商人喜欢上了经典诗书，陶醉于中原传统文化，除了自己勤奋研读，也时时严格教授子女。李客膝下有一儿一女。那时候，他的儿子刚满五岁，习惯上称作十二，大约是因为在同族兄弟中排行第十二吧。

　　李十二从小就喜欢剑术和马术，也许这就是血液中无法改变的基因。李客经常见不到儿子的影子。他知道，儿子多半是跑到湖边山坡练剑去了。

　　当然了，李十二的剑术是无师自通的。要说有老师，那么他的老师便是诗词。

> 结客少年场，报怨洛北邙。
> 利剑鸣手中，一击而尸僵。

　　此时此刻，年幼的李十二在一处花丛中挥着剑，念着曹植的《结客篇》，挥舞得如醉如痴，一剑扫过，落英缤纷；一剑刺出，青蛙入水；一剑击空，飞鸟仓皇而逃；一剑斜穿，蝴蝶应声而落。李十二把剑背在身后，过去察看。那蝴蝶躺在草丛里，细腿不停地蹬着，翅膀微微颤动着。

　　"相公，是不是该为儿子取个正名，十二十二的太俗气啦。"李白的母亲望着远处的花丛，只看到白晃晃的剑光闪来闪去。

　　李客抬起头，捋着胡须说道："你说得对，既然我们定居在诗书之乡，理应融入其中，学习那些饱读诗书之人，才能通晓事理，脱俗高雅。"于是，他抬手招呼十二。

"父亲，唤儿何事？"李十二急忙把剑入鞘，规规矩矩地站在父母面前。

李客并没直接回应儿子的问话，而是环顾了一下葱茏的树木和一簇一簇的繁花，开口吟道："春国送暖百花开，迎春绽金它先来。"

这是要对诗了。这只是李客家的小儿科游戏。除了刚刚两岁，吐字不清的小女儿，三人经常随时随地对诗，有时候是吃饭时，有时候是晚睡前，有时候是早起散步时，有时候是父亲办完事一进家门……

母亲接着父亲的诗句说："火烧叶林红霞落。"便不说了。

李十二知道这是等着自己接最后一句呢，就走到盛开的李树前，稍稍想了想，说："李花怒放一树白。"

"一树白。"李客觉得这句着实很妙，那满树洁白的李花，不也十分地圣洁高雅吗？而开头又是一个"李"字，于是，拊掌大笑："李白，妙啊，李白。"

"我也觉得甚妙，想想七年前，我正怀着他的时候，曾经做过一个梦，相公还记不记得？"李十二的母亲莞尔一笑。

"啊，娘子说的可是太白金星那个梦？话说回来，这位上神也是我们李姓先祖啊。"

"嗯，那么小儿的字作太白如何？"李母问。

"甚好!"李客点头称赞。

从此,李十二便有了响当当的名字——李白,字太白。也许,正是冥冥中的"太白"二字,注定了李白一生对道教的求索。太白金星正是道教神仙中知名度最高的神仙之一。

三人正为这别具创意又蕴意深远的名字高兴不已,里屋传来女孩的哭声。

"女儿睡醒了。"李母急忙起身,回屋去抱女儿。

"母亲,我有名字了,妹妹叫什么呢?"李白问。

"是呀,妹妹还没有名字。你觉得给妹妹取个什么名字好呢?"父亲温和地望着他。

李白凑过去,看着妹妹那胖乎乎的小脸,仰头看看天,一轮白日正上中天。

李母看着他这一连串的举动,心想,难不成他要给妹妹取个与太阳有关的名字?

李白眯眯眼,手挡在眼前,从手缝里望着太阳,又把手背过去,想了一会儿:"叫月圆可好?"

李客夫妻对望一眼,均感到十分意外,看着太阳,竟然想到月亮,思维跳跃如此之大。不过也不意外,这孩子从小就想象力超常,往往在别人听上去毫不相干的两件事,他也能顺理成章地联想到一起。由白天想到黑夜,看着太阳想到月亮,一点也不稀奇。

"可是,为什么要叫月圆呢?"夫妻二人想听儿子的解释,如果只是因为女儿的胖脸像一轮满月，那就太过肤浅了。

而这个时候，原本躺在妈妈怀里泪水涟涟的女儿，突然挣扎着立了起来，对着李白咯咯地笑。女孩很漂亮，有着西域人特有的深眼窝，黑黑的眼珠，长长的睫毛，白得透明的脸蛋儿。

"同为光芒之神，太阳始终如一不变，而月有亏盈满缺，像人的心情，一会儿高兴，一会儿难过。不，不是像，月的变化正是人的心绪之变。月初不见月，当人想一件事想不明白时，内心便如漆黑无光的夜。随着思考的深入，内心一点点通透起来，正像月亮一点一点地变圆，直到满月，便想透了，心也亮了。"

夫妻二人四目相对，久久凝视着眼前这个仅仅七岁的孩子，这个看上去爱动得一刻也安静不下来的孩童，他是在什么时候思考出这样的问题的呢？难道是睡梦中也在思索吗？

原来李白对于月的钟爱之情，自幼年时期就已经很深了。他的一生写了很多与月有关的诗。他在人生的许多节点无不想到月。抬头望月，低头思月，卧榻想月……尤其是故乡的月。望月即是望人，思月即是思人，想月亦是想人。在李白的世界里，"月"字与"情感"是同义词。比如，他在《峨眉山月歌》中这样写家乡的月亮：

峨眉山月半轮秋，影入平羌江水流。

夜发清溪向三峡，思君不见下渝州。

　　高峻的峨眉山前悬挂着半轮秋月。流动的平羌江上，倒映着明亮的月影。夜里乘船出发，离开清溪直奔三峡。想见你却难相见，恋恋不舍地去向渝州。

　　这是他写的家乡峨眉山的月亮。什么样的行程非要趁着月光出发呢？没办法，李白就喜欢在月光下赶路。坐在船上，晃晃悠悠，四周寂静无声，只听到船桨拨水的"哗啦哗啦"声。此时此刻，李白抬头望向夜空中的一轮明月，再看看被水波割碎的月光，便开始了想念。那么，他想念的是谁呢？为什么想见却见不到呢？这首诗是他在二十岁时写的。这个谜底就让我们去往他的年轻时代揭开吧。

第二章

≈

私慕司马相如

李白是那种会学习、会玩儿的小孩儿。到十岁的时候，他已经琴棋书画样样精通了。得益于父母的严格教育，他孝敬双亲、爱护妹妹，言谈举止得体而有分寸，是方圆百里有名的神童。

这年春天，草长莺飞，父亲接到书信，要去各分店盘点。临走时，父亲交代李白："我走后，你是家里唯一的男儿，要打点家里的生计，帮着母亲看护妹妹，料理家事。"

"父亲放心便是。"李白挺挺胸膛。说来奇怪，年仅十岁的李白已完全是一名翩翩少年了。他的身材较同龄人高，看上去结实而挺拔，又兼一身饱读诗书之气。除了练剑、读书，其他时间他喜欢四处游玩，更喜欢置身于大山里，有时候带着干粮和水，一进山便是一整天。

母亲去河边洗衣服，临行前叮嘱他："太白，好好照看妹妹。"

李白听到母亲的嘱托，便没有跑出去找伙伴，而是在院子里独自练了一会儿剑。如果没有母亲的吩咐，恐怕他早就跑出去找那些意气相投的少年切磋剑术，商量结客行侠之事了。

妹妹月圆看着哥哥练剑，见哥哥飞身跃起，剑在空中划过，还带着嗖嗖风声，拍着小手叫好。一会儿，哥哥蹲身在地上，两眼瞪得溜圆望着前方。她不禁扭头去看，却什么也没有，便不耐烦地问："哥哥，那里什么也没有哦，你快点飞起来，飞起来呀。"

妹妹的话让李白一下子泄气了。他停下剑，望着悠远的蓝天，他是多么向往空中翱翔的雄鹰，多么想像它那样展翅高飞。

妹妹也扬着小脸看天。

"哥哥，孔雀东南飞，五里一徘徊。"月圆的脸上忽然现出哀伤。

李白一怔，定定地看着妹妹。这几天，他刚教妹妹学了《孔雀东南飞》。这首乐府诗讲的是有一对恩爱的夫妻，刘兰芝与焦仲卿。焦母不喜欢兰芝，开始时趁着焦仲卿不在家百般折磨刘兰芝，后来干脆强迫焦仲卿休了兰芝。兰芝的哥哥为她新找了婆家。在成婚那天，她跳河自尽了。焦仲卿听到后，也在家东南方向的树上挂绳自尽而死。因为东南方是刘兰芝离开的方向。自从听了这个故事后，月圆一直闷闷不乐。她对哥哥说："我永远也不出嫁。如果我不曾出嫁，就永远不会遇到不喜欢自己的婆婆。"

"不会的，我们月圆如此可爱，有谁会不喜欢呢？哥哥保证。"李白安慰妹妹。

可是月圆撇撇嘴："哥哥骗人，将来的事谁能预料？"

李白顿时张口结舌。原来月圆已经长大了，会思考了，不是那个给个桃子就破涕而笑的小女孩了。

"李兄家的孩儿见识果然高人一等呀。"门外传来一声爽朗的大笑。

李白和妹妹转头看去，一人站在门外，牵着白马。

"请问，您是？"李白忙迎上前去。

"想必你就是李白了。我从岷山来，路过青莲，想与李客兄见上一面。"那人笑着说。

"哦，家父出门了，大概要很晚才回来。"李白回答着，看着来人脸上挂着浮尘，靴上也有许多尘土，急忙闪身相让，"请您到屋里坐着歇一会儿，喝杯茶吧。"

"既然李客兄不在，我就不打扰了。"那人转身拉着马要走。

"歇一会儿再走吧，马也需要饮点水呀。"李白再次相让。

那人定定地看着李白，眼神中带着欣赏，便把马拴在门口的石柱上，大踏步进了院子。

李白引着客人进入厅堂，便忙着泡茶。对于茶道，李白当然也十分精通了。他把茶双手捧给客人后，立在一旁，等着客人呷了一口，放在茶桌上，才开口问："请问伯父尊姓大名，回来后，以便禀告家父。"

客人对李白十分欣赏，有心考考他的才学，说道："我的姓嘛，'有人偷'，名是'鸟落山头不见脚'。"

这种字谜游戏对李白来说再简单不过，他只是稍稍思考，便拱拱手："知道了，家父回来后一定禀告。"

"哦?"客人更加好奇了，眉毛一挑，"你猜到了什么? 可以给我解释一下吗?"

"有人偷，是把人字旁去掉，剩下俞字，伯父您姓俞。鸟落山头不见脚，是把鸟下面的四点换成山，是岛字，伯父您的名字是俞岛。"

客人听了哈哈大笑："真是个才思敏捷的少年呀。"

在任何一个群体里，才思敏捷、鬼主意多的人总会成为中心人物、领袖级人物。很快，李白就成了伙伴们中的领袖。

这天，李白正在书房学习司马相如的文章。因为之前父亲李客听到他们兄妹谈论《孔雀东南飞》，觉得是时候加深他的阅读难度了，责令他近期好好研读司马相如的文章。

"楚使子虚使于齐，王悉发车骑，与使者出畋。畋罢，子虚过奼乌有先生，亡是公存焉。坐定，乌有先生问曰：'今日畋乐乎?'子虚曰：'乐。''获多乎?'曰：'少。''然则何乐?'对曰：'仆乐齐王之欲夸仆以车骑之众，而仆对以云梦之事也。'曰：'可得闻乎?'……"不用父亲交代，李白早已将这篇《子虚赋》背得滚瓜烂熟。因为在他看来，历来的赋里，这篇是最有新意的、最好的。在这篇赋里，写了一个叫子虚的楚国人出使齐国，向乌有先生讲述随齐王出猎，齐王问及楚国，极力赞扬楚国之广阔丰饶，以至云梦不过是其后花园之小小一角。乌有不服，就将齐国之大海名山、异方殊类傲慢地罗列，企图压倒子虚。司马相如主要通过这种夸张的描写，表现了汉王朝的强大。这篇赋极尽夸张的手法，用了一连串华丽的辞藻，描写工丽，散韵相间。

也许可以说，这篇赋是李白的启蒙文章。因为在李白一生中所写的诗文里，也随处可见夸张的描写，比如“飞流直下三千尺”“蜀道难，难于上青天”等等，都是突破常人想象的夸张，且语言华美。

也许可以说，司马相如是李白青春年少时的第一位偶像。跟所有粉丝一样，他对司马相如了解得很透彻。

后人如何也想不到，世界级偶像的诗仙也曾疯狂地追星。李白一生崇拜两个人，一位是绝世美男子司马相如，一位是山水诗开创者谢灵运。第二位我们在后面会写到，李白甚至做了谢灵运诗中的木屐去登山。那么司马相如何许人呢？古人说书时擅长用这句“花开两朵，各表一枝”。就让我们“表一表”这位花美男吧。

司马相如是西汉时期著名的辞赋家，被后人称为辞宗、赋圣。辞和赋都是一种文体，就像我们现在说的散文、记叙文一样。能在某一种文体方面被称为“宗”“圣”的，一定是有着非凡的成就，可见司马相如在文学史上的地位。他出生于约公元前179年，因为仰慕战国时的名相蔺相如而改名。瞧，偶像也有偶像哦！他少年时也是喜欢读书练剑，做过汉景帝的武骑常侍。武骑常侍是个什么官呢？就是骑着马跟随在皇帝左右，在皇帝外出游猎时，专门负责射猎野兽的官。听上去有些像保镖。这对于高颜值、文武双全的司马相如来说，简直是大材小用。他本人也觉得挺屈才的，就算写了流传千古的《子虚赋》，也没得到重视，因为汉景帝根本不懂文章！

汉景帝去世，汉武帝刘彻继位。刘彻看到了《子虚赋》，喜欢得不得了，还以为是古人写的，叹息当代没有这样有才华的人。负责替皇帝管理猎狗的官杨得意说："这篇赋是我的同乡司马相如写的呀。"

汉武帝一听惊喜非常，急忙派人召司马相如进京。司马相如镇定地对汉武帝说："《子虚赋》写的是诸侯打猎的事，算不了什么，请陛下允许我再作一篇天子打猎的赋吧。"

汉武帝点头应允。

于是，司马相如当即写了《上林赋》。这篇赋的主人公仍然是虚构的子虚先生和乌有先生，另外添加了亡是公这么个人物。这篇赋以问答的形式，写了关于帝王治理国家的事，以维护国家统一为主题，歌颂了统一国家的帝王的高大形象，同时又对当时的统治者有所讽谏。

汉武帝看了这篇赋，非常赞赏，封司马相如为侍郎官，并派他去执行重要的任务。其实那是一个非常棘手的任务。

　　有个叫唐蒙的人奉命去收复夜郎及西面的僰中，在巴、蜀二地征了官吏士卒上千人，水陆运输人员一万多人。不知道什么原因，唐蒙把原军队的大帅杀了，这下可让巴蜀一带的百姓惶恐不安。汉武帝听说此事后，非常生气，因为百姓以为唐蒙做的事都是皇帝的意思。于是汉武帝就命司马相如去警告唐蒙。司马相如到蜀地后，发布了一张《谕巴蜀檄》的公告，也就是向当地百姓解释通告，为的是安抚民心，果然收到良好的效果。

第三章

≈

少年侠客行

　　就在司马相如回京复命的时候，唐蒙又出了幺蛾子。此时，唐蒙已经收复了夜郎，要趁机开通通往西南夷的道路，在当地征兵数万人去修路。两年之内，路没修成，士卒却死伤千人，耗费了不少钱财，遭到许多人的反对，当地百姓也怨声载道。而这时候，西南夷许多小国已经开始与汉朝交往并请求汉朝委任官职。皇帝就派司马相如为中郎将，出使西南夷。司马相如到了蜀郡，拆除了以前设的关隘，开通了灵关道，在孙水河建桥。司马相如用一篇《难蜀父老》向百姓解析国家政策，平息了民心愤怒。

　　可惜，到四十岁时，司马相如身患顽疾，估计就是现在说的慢性疾病吧，不适合再过劳累，就请求辞去了官职，回到家乡茂陵养病。在养病期间，认识了卓文君，二人结成夫妻。那时候，司马相如过得比较清苦，因为不做官了，也没了俸禄。

后来，他们夫妻二人把车马卖掉做本钱，开了一家酒馆。卓文君负责卖酒，掌管店务。司马相如系着围裙，跟伙计们一起洗杯盘。后来，他们得到亲友的资助，购买了住宅田地，生活逐渐富足起来。

直到六十一岁那年，司马相如病得很重，皇帝听说后，急忙派人去收集他的作品，说："司马相如病得厉害，快去把他的书全部取回来，不然以后就散失了。"等使者到了茂陵时，司马相如已经去世了，家中并没有书。他的妻子卓文君说："长卿本来也不曾有书，他每每写完就被人取走了，所以家中总是空空的，没有余存。他活着的时候，写过一卷书，交代如果有使者来取，就把它献上，再没有别的了。"他留下的是关于封禅的事。

司马相如是这样一位文学大家，被后人称作"辞宗""赋圣"，同时还是安边功臣，名垂青史。少年的李白以他为人生目标，也希望凭着一身才华建功立业，实现自己的人生价值。

司马相如的励志故事启发了李白，唯有更加努力地习武修文才能成为那个有准备的人。于是，他有了一个更大胆的想法，他想趁着年少，去深山寻访得道的仙人，学道学剑。一连几天，他都在山间奔波，但家乡附近的山秀美有余，神秘不足，他觉得尤其是气势不够，不能让人产生超然世外的感觉。

这天，他决定离开家乡，去更远一点的地方寻访神气灵秀之处。他觉得有必要跟最好的朋友吴指南告别，或者说服他跟自己一块去寻访。

　　吴指南不住在蛮婆渡，他是地地道道的莲花乡人。他家里有几亩田，虽然不及李白家富裕，但日子也过得不错。他的父亲开了间私塾，一心指望他刻苦读书，考取功名。可吴指南偏偏整天跟李白混在一起。在唐朝，经商人家是没有参加科举考试的资格的。李白的父亲一味要求李白多读书，也是想慢慢为家族转型，一代一代、一点一点地磨掉商人的痕迹。从李白这儿开始，渐渐地向书香世家转变，以便后人们可以参加科举考试，谋取功名，成为堂堂正正的大唐人。

　　李白兴冲冲地来找吴指南，在快到他家门口前放轻了脚步，他也知道吴指南的父亲有多讨厌自己。他先是踮脚趴在墙头往里张望，院子里静悄悄的，隐隐听到东厢学堂孩子们读书的声音。悠长的声音像催眠曲一般，仍然是《孟子》《大学》什么的，却没听到吴先生的咳嗽和呵斥声。李白想：看来，今天吴先生的心情不错，以往，总是听到他在斥责学生。

　　吴指南的书房在后院。李白绕到吴家的后墙，脚蹬着墙一点，就轻飘飘地蹲在墙上了。"指南兄——"李白小心翼翼地呼唤着，没有回应。

　　李白敏感的神经觉得情况不对劲，便悄然溜下墙头。他本想像猫那样跳下，只是，他的功夫还不到家，落地绝不会像猫那样悄无声息，只会像熊一样"啪"的一声，恐怕一下子就会把吴先生惊出来。

他一点一点靠近书房的后窗。那是个一尺见方的小窗子，紧闭着。李白轻轻推开，见吴指南正在来回踱步，像身上爬了跳蚤一样不安。听见窗子响，转过头，见是李白，眼前不禁一亮："太白兄，你可来了。"

李白几步绕到房前，由门而入："指南兄，发生什么事了吗？你为何如此不安？"

"胡乡绅欺人太甚！"吴指南气得脸通红。

"怎么回事？"李白一听"胡乡绅"三字，心中自然生出一股气愤，又有一种说不清道不明的兴奋。胡乡绅的无赖之名早已传遍乡里，也许，在潜意识里，李白一直在寻找着行侠仗义的契机，便一直留意着乡里颇具恶名的几位乡绅与泼皮。

"他想收购我家那几亩薄田，改建胡家墓地。"

"胡家墓地？不是在夷山之北吗？"

"据说听了一位神仙的话，墓地在夷山之南才能化险为夷，躲避灾凶。"

"那要看他出什么价格了。"李白一副资深商人的口气。本来嘛，他是商人家庭出身。

"什么价格也不会卖的，那是祖上留下来的产业，吴家的根在这儿。"吴指南顿足大叫。

"哦，这样，那就回复他不卖就是了。"

"哎……那胡乡绅已经去圈地了，前日家父前去理论，被胡家的家奴推倒在地，至今还卧床不起，今晨吐了一大口血。"

"啊！如此恶霸，不杀之……"此时的李白眉毛向上挑着，眼睛大睁，目光如炬，手不由自主地把剑轻轻拉出鞘。

吴指南急忙示意他闭嘴，并担忧地按住他的手，说："胡乡绅背后有庞大的势力，不能轻易招惹。"

"怕他何来?!"说完，李白拉着吴指南的手便出了屋子。

二人来到村外吴家田地边，见被围了密密的围栏，全是削尖了的木柱子。东端有一些人忙着运送石块，备料开工的样子。

"胡乡绅在哪儿?"李白站在一处高岗上，对着干活的工匠们喊。

一个胡家的家仆扬头见两个毛孩子，立刻撇撇嘴："哪里来的浑小子，敢这么称呼我家老爷?!"

"蛮婆渡李白，叫胡乡绅过来对话!"李白挺挺胸膛，抬抬手里的剑。

"呵，癞蛤蟆还没褪尾巴，就张着大嘴叫上啦!"那家仆气势汹汹地走过来，手里摆弄着棍子。

"看家狗滚远点，叫你主人前来!"李白摆摆手。

家仆的脸立刻涨红了，气汹汹地跳着脚："小兔崽子，不知道天高地厚，敢这么跟大爷说话。"说着，就举着棍子扑上来。李白轻轻一闪身，躲开了，就势把剑柄朝他后背一顶，那家仆就踉踉跄跄跑过山岗，差点没站稳。这下子他更恼了，回身跳起来，举着棍子狠狠地向李白砸下来。李白急忙抽出宝剑横截住，只听"当"的一声，棍子和剑撞击在一起。家仆咧咧嘴，咬牙切齿地说："小子，有点牛劲呀！"他往下压，李白举剑对抗。突然，李白飞速把剑一撤，贴着家仆的肚子横扫过去。

吴指南见势不妙，急忙大喊："太白兄，不可！"

李白的确是想一剑挑了这位狗家仆，但是，听到吴指南的叫喊，剑到跟前便稍稍偏了偏。剑尖划破了家仆的衣服，仅在皮肤表面划开了一道口子，仍然有血渗出来。

家仆一见，慌了，急忙收回棍子，去捂肚子，他以为自己肠子要流出来了，原地转着圈地鬼叫。

早已有另外的家仆跑去报告胡乡绅。胡乡绅骑着马飞跑过来，见自己那一向号称勇猛无敌的家仆受了伤，不由得定睛打量李白："你就是远近闻名的神童李太白？"

李白收回剑，装作潇洒地抹抹剑锋，其实根本没沾一丁点儿血，把剑入鞘："不敢当，正是！"

胡乡绅又瞟了一眼吴指南，立刻明白原委："这块地我已付了银两，已经归到我胡家名下。你们两个黄毛小儿休要再来闹事，否则我可不客气了！"

"这是我家祖田，坚决不卖！谁收了你的银两？"吴指南气愤地回道。

"哼！你收不收，这块田都姓胡了！"

"岂有此理！"说着，李白又把剑拔了出来，"为了强占田地，你推倒吴先生。现今吴先生卧床不起，口吐鲜血，像你这等视人命如草芥，强抢强占的恶人，留着何用！"

胡乡绅瞟了一眼蹲在一边哼唧的家仆，又见李白一脸愤怒，有些心虚："家仆打伤吴先生，你刚刚也剑伤了家仆，算是扯平。"

"不行！是你强占田地在先，又打伤吴先生。至于这狗家仆，是咎由自取！"李白轻蔑地冷笑。

胡乡绅眼珠转转："好，你号称神童，咱们就对对子决胜负，如果你胜了，关于购买这块田的事就从长计议。"

李白说："一言为定！"

第四章

〜〜〜

求道隐士赵蕤

那胡乡绅也读过一些书，而且还花钱买了个有名无实的功名，顶着这虚假的功名，也步入了读书人的圈子。久而久之，他就忘了自己是个冒牌的读书人，真以为自己才高八斗呢，当然不把嘴唇上刚刚冒出胡子茬的少年李白放在眼里。他只是想借机羞辱一下李白，所说的从长计议也是信口胡说，根本不会算数。

"梁山栽大竹，无须淋（邻）水。"他说出上联。这上联包含了当地的三个地名，下联也必须用三个地名对，是比较有难度的对联。

没想到，李白立刻接道："南浦人长寿，何惧丰都。"下联也是三个地名，而且对仗工整。

胡乡绅鼓鼓腮帮子，表示不服气，看到田边的小河里有几只鹅在游水，又说："白鹅黄尚未脱尽，竟不知天高地厚。"是讽刺李白小小年纪不知道深浅，敢来跟他挑衅。

李白当然知道他的意思，也看了一眼小河，答道："乌龟壳早已磨光，可算是老奸巨猾。"

胡乡绅没讨到便宜，气得胖肚子直鼓，吧唧了几下嘴，说不出话来。

"快把你的围栏撤了，把田地还给吴先生！"李白厉声呵斥。

"哼，契约已签，已按了手印，岂是一个游戏就能作废的！"胡乡绅说着转身要溜。

李白见被耍弄了，气冲丹田，飞身跃起，近到胡乡绅身后，用剑尖挑起他的后衣襟，由下而上一直穿到衣领处，剑尖由领口上方探出来，紧贴着胡乡绅的后脖颈。

胡乡绅觉得后脖颈冰冰凉，吓得两腿打战，大呼："少侠手下留情！"

"你捆绑着吴先生强按的手印，难道心里不清楚吗？把契约拿来，撕毁！"李白低声吼道。

"没带着，在家里，要不少侠跟我去家里取？"

"好！"李白用剑押着胡乡绅，回头示意吴指南跟上。吴指南吓得直摆手："太白，不要上了他的当，千万不要去他家里。"

"也对，到了你家，还不知道要什么鬼花样！你派个家仆回去取。我们在这儿等着！"李白说。

胡乡绅只得指派一名家仆回去取地契，顺便狠狠眨了眨那圆滚滚向外突出的眼睛。

不长时间，远处尘土飞扬，十几个家仆手持棍棒骑着马飞奔而来。到了近前就把李白、吴指南及胡乡绅围在中间。原来，胡乡绅用眼神示意家仆回去叫人。这下可惹恼了李白，大吼一声："你这只褪了毛的老乌龟！"说着，手下剑一挑，就在胡乡绅的后脖子上拉了一道。

血一下子冒出来，顺着胡乡绅的后衣襟往下流。

胡乡绅滚倒在地，在后脖子抹了一把，见满手是血，不由得杀猪般嚎叫："给我宰了这两个兔崽子！"

家仆们一拥而上，扑向李白和吴指南。

李白不敢怠慢，挥着剑左突右冲。吴指南平时也跟李白学了一点剑术，但苦于手中无剑，只好徒然地躲闪。家仆们只是平时凶惯了，并没有什么真功夫，十几人一时也近不了李白的身，相反，有几个人还被李白的剑挑破了衣服，划破了皮肤。这几个人受伤后丢掉棍棒，退闪到一边。

胡乡绅见占不了上风，就命令家仆们住手撤离，临走时恨恨地对李白说："等我去找你父亲理论。"

李白浑身是汗，一脸尘土，虽然伤了胡乡绅和家仆，可是并没有帮吴指南要回地契，也闷闷不乐。

"他不会善罢甘休的。"吴指南一脸的惊慌，"恐怕会对你不利！"

"无妨，此等恶人应尽早除去，否则祸害乡邻！"李白倒是一脸斗志。他认为，为大侠者就应该斩奸除恶，何必害怕担忧，该害怕的应该是那些做了坏事的恶人。为此，他曾写过有名的《侠客行》：

> 赵客缦胡缨，吴钩霜雪明。银鞍照白马，飒沓如流星。
> 十步杀一人，千里不留行。事了拂衣去，深藏身与名。
> 闲过信陵饮，脱剑膝前横。将炙啖朱亥，持觞劝侯嬴。
> 三杯吐然诺，五岳倒为轻。眼花耳热后，意气素霓生。
> 救赵挥金槌，邯郸先震惊。千秋二壮士，煊赫大梁城。
> 纵死侠骨香，不惭世上英。谁能书阁下，白首《太玄经》？

燕赵那地方多侠客，他们头上系着侠士的武缨，腰上佩带着闪闪发亮的吴越弯刀。（吴钩是宝刀名，吴地特产的兵器。）侠客们骑着银鞍的白马，在大街上驰骋，快如天上的流星。他们武功盖世，十步就可斩杀一个人，千里之行，无可阻挡。他们行侠仗义，连姓名也不留下。想当年，侯嬴、朱亥与信陵君结交，他们脱剑横膝，三杯酒下肚，慷慨盟誓，愿为知己两肋插刀。这种义气，感动苍天。朱亥为信陵君救赵，挥起了金锤，使赵都邯郸上下的人都震惊。两位壮士的豪举，千秋之后仍然在大梁传为美谈。纵然死去，侠骨犹香，不愧是盖世英豪。做人就应该像他们一样，传名百代，为人称颂。谁愿意像扬雄那样，甘愿做一个儒生，写书写到白头，老死在窗下呢？

少年李白一心想当侠士，做一名不图名利、讲义气、重承诺的人。所以，他已暗暗下定决心，吴指南家田地这件事，他要一管到底。

当然，胡乡绅一刻也没闲着，他回到家，包扎了一下后脖子，就马不停蹄地去找任县丞的姐夫。那县丞姐夫一听是与李客家的儿子起了纠纷，也表示很为难，因为李客与县丞也素有交情。他决定私下找李客协商。

李客听说这件事，分外担忧。这完全超乎他的想象。他只想让李白学习经典诗书，以便走上仕途，但李白一心向往侠士甚至修道。他认为不得不与李白进行一次谈心了。

李白仍然坚持自己的想法："父亲，我自有志向与远大抱负，希望此生能结识像信陵君那样礼贤下士的人，成就'申管晏之谈，谋帝王之术，奋其智能，愿为辅弼，使寰区大定，海县靖一'的抱负。如朱亥挥锤击杀晋鄙而震惊全国，虽然侯嬴和朱亥都死去了，但在世上留下了盛名，不愧为盖世英雄。儿不屑于终其一生像扬雄之辈，埋头于校书抄经，熬到白头，碌碌无为。"

"既然你有此心志，看来也无法更改，应寻访名师，修正道，练世间最精妙的剑术。"李客见无法改变儿子的想法，如此叹道。

"父亲所言极是，我正有此想法，正准备离家遍寻四海，投奔名师。"

可是，到哪里去寻找让李白佩服的高人呢？光阴荏苒，转瞬已是三年。李白十八岁这年，无意中读到一篇名为《长短经》的文章，深受触动。

《长短经》是一位叫赵蕤的隐士所写。他熟读百家书，不重功名，视金钱如粪土，跟妻子一起在三台县城北数里的长平山惠义寺中隐居，专门著书写经。当然他写的经不是宗教方面的经书，是关于为人处世之道、人生哲理、励志以及国家治理等方面的书。但凡这种带有心灵启发性质的书，古人们都奉为经典来学习。他和李白被后人并称为"蜀中二杰"，有"赵蕤术数，李白文章"的说法。

然而，李白的纵横术也是向赵蕤学来的。

《长短经》是一篇什么样的文章呢？它的内容包含儒家、道家、法家、纵横家、墨家、杂家等各家各派的思想，非常庞杂。《长短经》记述了国家兴亡、权变谋略、举荐贤能、人间善恶四大方面的内容，总结了历史上的经验教训，提出了自己的思想及安邦治国的主张。

《长短经》里的许多新提法令李白茅塞顿开。比如文章里写道：那些制作车子的人，希望别人都富贵，来买他的车；制作弓箭的人，害怕弓箭不锋利，没人买他的箭。他们这样做，难道是对别人心存爱憎吗？不是的。这只是一门技术，是他的职业要求他必须这么做。从这些事情中可以知道，有些人为什么一读了纵横谋略的书，就盼着天下大乱；学习了兵法，就希望发生战争。这也是人心的必然需要。先师孔子一方面探究它的根本，另一方面又担忧它的弊端，于是写了《春秋》以光大王道，写了《孝经》来赞美美德，以防微杜渐。这才是圣人著书的本意。

李白觉得这种说法非常新颖。制作兵器的人，他只是一个工匠而已，以制作兵器为生。他并不是因为憎恨这个世界，希望世界天天起战争，生灵涂炭。这只是他生存糊口的职业。之所以有战争、有流血，是因为使用兵器的人。再比如说钱财，有的人凭着踏踏实实的劳动赚钱，而有的人却图财害命。这也不能说造钱的人错了，主要看使用钱的人内心是如何想的，又是如何去做的。

第五章

访戴天山道士不遇

　　李白一刻也不想耽搁，恨不得立刻见到赵蕤。他找到吴指南，推荐给他看《长短经》。吴指南也觉得非常受启发。他们先是画好了地图，设计好出行路线，从青莲到三台县，步行大约七八天的路程。吴指南没有马匹，李白也只好陪他一起步行。到达长平山的时候，他们身上带的干粮早已吃完，银两也不多了。李白是个在金钱方面没什么计划的人，可能是因为从小家境比较好吧，而吴指南就很是精打细算了。何况，吴指南是背着父亲偷偷跑出来的。他以为他们很快就会找到赵蕤，听完讲道，然后回家。这样带着收获回去，而且是求教于当今有名的赵蕤，父亲肯定不会生气，反而会嘉奖自己。没想到，一走七天，还没见到名士的影子，身上的钱财却要花光了。吴指南担心二人回不了家，每天精细地算计，以至于每天只用一次餐，饿得两眼昏花，走着走着，就扑通一声摔倒在地。

李白可吓坏了。他精通诗词，懂剑术，可不懂医术呀。他背起吴指南沿着窄小的山路一路急奔。不一会儿，他隐隐地看见前面有房屋，走近一看，竟到了惠义寺，正是赵蕤隐居的地方。

李白把吴指南放在门口的一块空地上，前去敲门。

过了很久，才有人轻轻地打开门，探出头来。一位中年僧人走出来问："施主，是你敲门吗？"

"师父，请救救我的朋友！"李白抹抹脸上的汗。

"快背他进来！"那僧人一看昏倒的吴指南，十分惊慌，立刻帮李白扶着，把吴指南抬进寺里一间禅房，端来热汤给吴指南喂下。

"这位施主是饿昏了吧？我去端些斋饭来。"说着，僧人转身出去了。

李白暗自责怪自己太过任性，硬拉着吴指南出来。吴指南身体本就有些瘦弱，加上平时被父亲关在书房里，整天诵读诗书，少运动，当然与自己无法相比。为了赶路，一心想早点见到赵蕤，自己只管昼夜兼程，却没有照顾好吴指南的身体。

喝下热汤的吴指南已经微微睁开眼睛，但是没有力气说话。

"我们已经到了惠义寺，就能见到赵先生了。"李白说。

吴指南眨了两下眼，表示很欣慰。

过了一阵子，那位僧人端着饭菜来了，一只碗里放着两个窝头，另一只碗里是清水煮菜。

"这……这种没营养的饭菜，怎么能让他恢复体力呢？"李白知道僧家吃素食，小声嘟囔着，对吴指南更多了一份歉疚。他把窝头掰开，泡在菜汤里，软化一下，以便吴指南能吃下去。

"请问师父，赵蕤先生可是在寺里？"李白问僧人。

"赵蕤先生？"僧人凝神半晌，微微摇头，"不曾听说有这位施主。"

"不会呀！据说他一直隐居于此呀！"李白再次提示。

"您说的可是东严子真人？"僧人突然问。

"东严子？"这回轮到李白怔怔出神了。

"听说东严子俗姓是姓赵的，先前在寺里隐居，后来出家修道了，号东严子。我来得晚，也没见过，只是听寺里的师兄们谈论过。我想，施主您要找的一定是东严子真人了。"

李白也认可这个推理，便问："那么，他现在何处？"

"离开有一年多了。"

李白审视着僧人的表情，觉得不是搪塞，又问："离开？何时离开的？去往哪里？他走的时候没有跟谁提过吗？"李白十分失望，看着病倒的朋友，又有万分不甘。

"施主可以去戴天山寻访，听说真人是接到一位道人的书信，前往论道了。"

听到这个消息，李白觉得又有了一线希望，但是看看仍然很虚弱的吴指南，只好把想法按捺下去。

"太白兄，你自己先去寻找吧，等我病好了再去追赶你。"

吴指南说。

"可是，我走了没人照顾你。"李白不放心。

"没什么，我只是又累又饿，休养几天就好。你可先去，我随后便赶上。"

李白知道他只是安慰自己，不想耽误自己的行程。依他的体力，即使休养好了也追赶不上自己呀，便说："指南兄身体好了，可先自己回家吧。我去戴天山如果寻得赵先生自会书信到你家里。那时候，有了确切的消息和地址，你再来，免得到时候找不到我，乱跑冤枉路。"

"这样也好。"吴指南点头答应。

于是，二人分手，李白只身上路，去往戴天山。行走间，他觉得似乎离理想越来越近，沿途景色也越来越美。及至戴天山脚下，抬头仰望，云蒸霞蔚，真的犹如置身于仙山之缘。李白忘记了一身疲惫，兴冲冲沿着石阶而上。沿途，溪水淙淙，均是从树间或石间涌出，一会儿汇聚成小溪流，一会儿又分开，隐于树丛里。密密的竹林深处，隐约能听到狗叫声。绿叶掩映中，桃花带露，娇艳耀眼。这真是超然脱俗的世外桃源呀！没错，仙道神人就应该居于这样的地方。

越往林中走，越是感到神清气爽，胸腔仿佛一下子全打开了，林中空气清新，散发着淡淡的草香。走着走着，会被突然传来的奔跑声惊住，那是麋鹿在林间穿行。

李白也不记得走了多远，终于看见林间隐隐出现一座道观。阳光透过斑驳的叶隙射进来，分散成一束一束。正值正午时分，却听不到钟声。李白诧异，正午时分，应该有钟声的呀。为什么会这样安静呢？

李白不由自主地放轻了脚步，轻轻推开道观的门。只见院里绿竹丛丛，竹后有一座假山，假山上有飞瀑垂下，却没有人影。李白在院子里转了几圈，一个人也没见到。他推算这里已经许久没人住了。李白又有些失落，斜倚着松树静待良久。

李白访道士不遇的失望很快就消失了。他觉得这清幽的院子无人才是最好的景致，不由得有了游逛的兴致。从前院走到后院，墙角的梅树、房檐下的滴水槽、矮山墙下的一丛野草，在他的眼里都是那么恰到好处。转着转着，转到了后院厨房。一进门，李白的眼睛就被靠北墙的一只大坛子吸引住了。

刚满十八岁的他，酒龄却已不小了。根据他的经验，那是一坛子独家酿制的美酒。他快步走过去，挪开压在酒盖上的大蒲包。一股浓浓的米酒香飘散出来，瞬间，整个厨房都弥漫着酒香味儿。李白立刻找来一把酒勺舀了一勺，送到嘴边一品，感觉全身都舒爽了。

他扫了一眼靠墙的厨架，见上面有一只亮闪闪的葫芦，便摘下来，打开盖，闻一闻，果然是酒葫芦。于是，李白把葫芦伸进坛里，罐了一葫芦酒。他又在另一个柜子里找了些酱萝卜和泡菜，端着坐到院子里的桂树下，便喝了起来。

眼瞅着一葫芦酒就喝完了，李白望望头上的桂树，侧耳听一听前院水瀑的水声，随口吟道：

> 犬吠水声中，桃花带露浓。
> 树深时见鹿，溪午不闻钟。
> 野竹分青霭，飞泉挂碧峰。
> 无人知所去，愁倚两三松。

他觉得应该把这首诗写下来，等东严子回来就能看到。于是，他走进前院的诵经房，在那里找到纸、笔，把这首《访戴天山道士不遇》写了下来，之后，便斜倚在榻上睡着了。

等他醒来时，皓月当空，万籁俱寂，偶尔有虫鸣声自门外的砖缝传来。李白起身，迎着月光走到院子里。此时，圆圆的月亮洒下洁白的光，照亮了整个院子。他不由得想起了妹妹月圆。这一走已经一个月之久，如果就此回去，父亲问起如何回答？他走的时候那样信誓旦旦，现在却一无所获。不，不能回去，既然决心访名师，便不达目的不罢休。这样一想，他决定回去继续躺一会儿，等天亮了再动身。

然而，酒精的兴奋作用正浓，哪里睡得着。李白索性起身，重新来到院子里练起了剑。月光清凉，剑光闪烁。他那白衣在树影间飘忽上下，有如仙人跳跃。有那样的一念之间，李白想不如永远待在这里，修道、练剑。但想到《长短经》里看到的那些纵横之术，又觉得自己有着远大的报国之志需要去完成，便又想着把这里当作一个归宿点，等完成远大志向后再回来修身养性。于是，他一边舞剑一边吟诵了几句诗：

> 抚剑夜吟啸，雄心日千里。
> 誓欲斩鲸鲵，澄清洛阳水。
> 六合洒霖雨，万物无凋枯。

一想到国家大事，我就一夜睡不着，抚剑长叹。胸怀壮志，希望奔赴千里为国家效力。我发誓要斩除害人的鲸鲵，澄清洛阳河水。让海内六合遍洒霖雨，万物欣欣向荣，再也没有凋零枯萎。

李白踌躇满志，练剑到天亮，稍稍歇息，吃了点东西，便继续上路，寻找他的偶像东严子了。

第六章

≋

岷山脚下巧遇东严子

再说吴指南，李白走后第二天，他觉得身体好些了，便辞别僧人回家了。吴先生对于儿子悄无声息地离家几天一点也不意外，因为他一下就猜到，肯定是跟李白在一起了。他猜想的是两个人肯定跑到哪里又打抱不平去了。但当听儿子讲李白要寻访赵蕤时，不禁对李白的印象有了改观。他突然意识到，这个任性随意的李太白并不是没头没脑、盲目追赶游侠潮流的青年，而是个有思想、有远大抱负的人。

李白走后，胡乡绅并没有把地还给吴先生。这些天，他家的墓园已经初具规模了。吴先生只好收了胡乡绅甩给的少得可怜的购地钱，心想：如果儿子跟着李白一道能跟随赵蕤学习，必有大成就。不知道有多少官员，甚至朝廷，多次邀请赵蕤出来当幕僚，可是赵蕤本人如当年的鬼谷子一样，无意于出山，把一切功名富贵看得如浮云一般。那鬼谷子隐于深山，他的学生像苏秦、张仪、孙膑、庞涓、毛遂，哪个不是才略过人，建功立业，留名史册呢？于是，他主动去四处打听关于赵蕤的消息。

这天，他终于得到了赵蕤在大匡山隐居的消息，便兴冲冲跑回来告诉儿子。吴指南先想到的是把这消息告诉李白。他急忙写了封信托人带到戴天山交给李白，并约好到大匡山会合。

李白此时也收拾好行李准备下山。

但是他不知道该去向哪里，想想行囊空空，还是到就近的市镇去取些盘缠。之前也讲了，李客是有名的大商人，分店遍及川蜀及湖北、安徽等地。李白到镇里找到自家开的首饰铺。店铺掌柜陈先生早就接到了东家李客的交代，取出一包银两交给李白："公子，这二百两足够您用一阵子了。"

"二百两呀……"李白有些犹豫，他觉得有点少，但也不想让人们说他是个挥金如土的浪荡公子，便把银子装进包裹，辞别上路。

"公子，您要寻找的高人到底在哪儿？"陈先生又问，"这么漫无目的地乱走，可不大好。"

"只能边走边打问。"李白心里也没底，但总不能回去。

他看看陈先生送给自己的羊皮地图，决定规划路线，先在就近的大山之间找寻。就在这时，远远地有人跑过来，气喘吁吁地喊："前面可是太白公子？"

李白回头一看，是一位脚夫模样的人。

“可是李家太白公子？”那人跑上前，仍然喘着粗气。

“正是，你？”李白问。

“是吴指南公子托我带信给您，到戴天山没赶上，刚刚到镇上来歇脚，喝点茶，可巧，有位陈先生说您刚走没多远，还好追上来了。”说着，那人从怀里掏出信递给李白。

“指南兄？他的病好了吗？”李白问。

“不清楚，他只是托我送信给您。”

李白急忙拆开信，读完后不禁精神大振。这简直是一封佳音嘛，不仅有了东严子的下落，而且好朋友又要与自己结伴同行了。李白立刻上路，直奔大匡山。

到山下的时候，夕阳西下，李白决定在山下的小店歇息一宿，等等吴指南再进山。

大凡山下都会有间简易的小酒馆，兼吃饭、喝酒及住宿，以供行至此处的人休息，做攀登的准备。这样险要的山峰，不是几分钟几小时就能翻越的，而且奇峰多野兽，露宿的危险更大。

经营这家酒馆的是一对老夫妻，年纪约五十多岁，老头儿矮小粗壮，脸色古铜，声音宽厚，吆喝上酒上菜时像唱山歌一样。而他老伴儿的背已经有些佝偻，脸色发黄，头发灰白，满脸皱纹。

“山间腊肉一碟——”老头儿边唱着，边端上一盘菜放在李白面前。

李白见那腊肉熏得颜色刚好，炒得外表一层金色，不由得食欲大振，拿起筷子催促道，"酒家，快拿酒来！"

"来喽——"老头儿立刻捧着一个酒坛跑来。

李白打开酒坛，一股浓烈的酒香迎面扑来。他倒了一杯，抿一抿。他还从没饮过如此辣的酒，忙问："酒家，这是什么酒？"

"老朽自酿的麦花酒。"老头笑着答道。

"啊，竟然如此浓烈！"

"这大匡山越往里走空气越稀薄，天气也越冷，喝上我这烈酒，浑身透着热气，才不会冻死在山里哟。"老头笑眯眯地说着，坐到李白对面的桌前。今天他这店里除了李白再没别的客人。

"这样的山里一定有修道的仙人吧？"李白问。

"仙人？"老头摇摇头，"不清楚。听说山里有高人隐士，也时常有人来询问，但回来后都说没找到。"

说话间，李白已觉得头晕眼花，毕竟他之前饮的多是桂花、菊花等清酒，对于烈酒还不大适应。他迷迷糊糊地望着门外，清冷的月光洒在地上，想着山里的高人东严子，以及他那篇《长短经》，不由得自言自语道："人人有遗憾，遗憾各不同。秦始皇、赵王迁、李陵、王昭君、冯衍、嵇康等人哀恨绵绵，均在江淹的《恨赋》里呈现，无论是得意皇帝，还是失意士人，无不怀着幽怨与遗恨。我也要写一篇《恨赋》，不，不能与前人同题，叫作《拟恨赋》吧，虽然文采比不上江淹，意境却与他有许多不同。"

"公子，要不要为您准备纸笔？"酒馆老人问。

李白并没有理会，站起身，端着酒杯，走出茅屋，望着远处黝黑的群山，继续念道：

> 晨登太山，一望蒿里。
> 松楸骨寒，宿草坟毁。
> 浮生可嗟，大运同此。

早晨登山远望，满目荒凉。白骨暴露在松树、楸树之间，令人生寒。芜草漫漫，遮盖得坟茔已经看不见了。虚浮的人生实在可叹，谁也难逃天道轮回。

酒保不再理会他。正在这时，一人由李白身后侧身走进酒馆。酒保眼前一亮，急忙迎上去："真人，您来了！"

"嗯！酒家，给我来一碗汤饭。"那人简短地说。

他身材高大，披着长长的褐色披风，头上没有戴帽子，只用一支簪子把头发在顶上束了个髻，耳边略有胡须，浓眉横扫，眉梢微微下弯，两眼明亮如星，脸色略黑。

"您这是远游刚回来？"一边问着，老人已经把饭菜端上桌。

被称作真人的人并没有拿起筷子，而是端着茶侧脸望向屋外的李白。静听李白继续念下去：

> 于是仆本壮夫，慷慨不歇，仰思前贤，饮恨而殁。
> 昔如汉祖龙跃，群雄竞奔，提剑叱咤，指挥中原，东

驰渤澥，西漂昆仑。断蛇奋怒，扫清国步，握瑶图而倏升，登紫坛而雄顾。一朝长辞，天下缟素。

若乃项王虎斗，白日争辉。拔山力尽，盖世心违。闻楚歌之四合，知汉卒之重围。帐中剑舞，泣挫雄威。雏兮不逝，喑呜何归？

至如荆卿入秦，直度易水。长虹贯日，寒风飒起。远仇始皇，拟报太子。奇谋不成，愤惋而死。

若夫陈后失宠，长门掩扉。日冷金殿，霜凄锦衣。春草罢绿，秋萤乱飞。恨桃李之委绝，思君王之有违。

昔者屈原既放，迁于湘流。心死旧楚，魂飞长楸。听江枫之袅袅，闻岭狖之啾啾。永埋骨于绿水，怨怀王之不收。

及夫李斯受戮，神气黯然。左右垂泣，精魂动天。执爱子以长别，叹黄犬之无缘。或有从军永诀，去国长违，天涯迁客，海外思归。此人忽见愁云蔽日，目断心飞，莫不攒眉痛骨，扱血沾衣。

若乃错绣毂，填金门，烟尘晓沓，歌钟昼喧。亦复星沉电灭，闭影潜魂。已矣哉！

桂华满兮明月辉，扶桑晓兮白日飞。玉颜减兮蝼蚁聚，碧台空兮歌舞稀。与天道兮共尽，莫不委骨而同归。

于是，我的一腔情怀被激发起来，胸中的感慨不能抑制，想一想那些我所仰慕的历代有大作为者，全都抱恨而死。

像之前的汉高祖刘邦如巨龙腾跃，在群雄中奔突，手持利剑，叱咤风云，指挥着军队往来驰骋，东至渤海瓦解，西至昆仑摇动。他指挥军队占据要塞，切断敌军阵脚，战胜了一个个对手，终于收复国土，当上皇帝，登上高高的紫坛，环顾着四方，一副舍我其谁的神态。可是，一朝辞世，也不过落得个天下人披麻戴孝而已。

再说霸王项羽，与人龙争虎斗，气势锐利，似乎要与日月争辉。然而，最终仍然是拔山之力已尽，盖世之心也衰，在垓下兵败，四面楚歌响起，陷入汉军的重重包围之中。真是英雄断肠，只叹乌骓马不肯离开，声声嘶鸣，不知该去往何处。

再比如荆轲入秦刺杀暴君，直度易水而去。意气如长虹贯日，河风飒飒。跋山涉水而去，可惜图穷匕见，刺杀没能成功，不能报答燕太子丹的赏识之恩，只能在激愤中死去。

再比如汉武帝时的陈皇后，擅宠骄横，最后不也是被废，退居到长门宫，从此皇上再也不垂顾，身穿锦衣也不免心冷如冰呀。从春到秋，眼看着桃李花开花落，满腹只有恨，恨君王的恩断情绝。

昔日屈原被流放到沅湘一带，对楚国朝廷绝望到极点，一心以死来表明心迹。如今，不也是只能听到江边的枫树在风中呜咽，山上的猿猴哀叫，忠骨永远葬于清澈的江水里。如果屈原死后有知，应该怨恨楚怀王的庸钝吧。

再说那秦相李斯，曾经是多么神气呀，后来也终不免于被赵高陷害，横遭被诛三族之祸，所有子弟族党全被推出问斩时，无不哀哭。被杀之前，他看着次子哀叹着："我想再和你牵着小黄狗，走出上蔡东门，去追捕狡兔，已经再也没有机会了。"有的被迫从军，与家人离别，远离故土，客居天涯，日夜思念家乡。这样的人，满怀愁肠，登高远望，偶然乌云遮日，虽然视线被阻断了，思归的心却早已飞越千山万水，神情异常痛苦，泪哭干继以泣血。

像那些豪门大户，整天香车绣辇，相互交往，纵欲狂欢，到头来也免不了如星辰坠落一样死掉，连尸骨也烂掉，变成谁也看不见的鬼魂。曾有过的一切，不过过眼云烟。

桂花开得繁盛如明月泛着媚人的光辉，扶桑神树迎着拂晓光芒四射的太阳升上天顶。什么样的美貌也终会变成腐尸交给蚁虫叮咬，喧闹的看台也会空寂，歌舞总会收场。再荣华也会过去，没有人能逃过最终化成一堆白骨，这就是自然规律。

真人慢慢啜着茶，静静地听着李白吟诵，一言不发。酒保微微摇摇头："一个浮浪子弟，只知道好高骛远，可惜了这一身才华。刚刚还打听您来着……"

真人并没有回应，仍然静静地听着，注视着李白的背影。其实，凭一个酒保的理解力是无法理解李白在文中要表达的意思的。江淹的《恨赋》，因为他的生活经历，不免悲观、失落，而李白通篇全是正能量和超然物外的人生哲理。

第七章

≈

驯鸟唤禽　练剑学道

　　想来想去，我的愿望都不能如愿，徒然用心良苦，一厢情愿。这样纠结却无人可倾诉，我缓缓踱到南面的树林。在带着露珠的木兰边稍稍休息，在苍苍青松的遮蔽下感受凉荫。如果在这里，与喜欢的人面面相对，惊喜与惶恐将会交织在一起，会是怎么样的心情呢？而树林里空寞寂寥，一无所有，只能独自郁闷地想念而已。回到原来的路上整理行李，抬头见夕阳下山，不由得一声叹息。一路走走停停，林中景色凄然，叶子不时离开枝条飘落。红日带着它的最后一丝影子没入了地平线，明月已经在云端绘出了另一幅美景。宿鸟凄声鸣叫着归来，求偶的野兽还没回还。此时此刻，毕昂二星的星光将轩内照得通亮，室外北风大作，声音凄厉。我的神智越发清醒，再也睡不着了，所有的念想都在脑海里回旋。于是，起身穿衣束带等待着天明，屋前石阶上的重重冷霜晶莹泛光。清晨负责打鸣的鸡还敛着翅膀栖息，清亮忧郁的笛声在远处飘荡。起初的节奏细密而平和，最终寂寥中含着颓败。在这样的光景思念佳人，借天上的行云来寄托我的心怀。行云流过不语，光阴荏苒。我独自体味着悲伤，终是山阻脚步河滞行。迎风而立，希望清风能扫去我的疲劳，对泛起的阵阵轻波寄托我的小小心愿。希望作《蔓草》那样的聚晤，吟诵从《诗经·召南》起未曾断绝的长歌余风。但这终究是不能的，还是将万千杂虑释怀，只留下本真的赤心，让心情在遥阔的八荒外休憩流连。

"年轻人，有何苦闷，何不进来坐下吃茶细谈。"真人突然放声说。

李白并没听见，仍然沉浸在诗的凄凄然里。

老酒保过去拉他："赵真人叫你呢。你刚刚不是还打听他吗？"

李白一听，眼睛骤然亮起来："赵真人在哪儿？"说话间转头看向店里，急匆匆地转身往里走，以至于自己的左脚差点绊了右脚。老酒保急忙扶住他。

惊喜之下，李白的酒已经醒了，来到东严子面前，整理衣襟，深施大礼："得见真人实乃万幸，请真人不弃在下愚鲁，屈尊赐教。"

东严子微微一笑："方才听你吟诗，才华横溢，论事通透，已有颇深见解，又何须向贫道求教呢？"

"在下偶读真人《长短经》，深受启发，素有宏图远志，希望此生成就一番事业，还请真人费心指点。"李白仍然恭恭敬敬地站立着答话。

"哦？你且说说。"严东子轻轻抿了一口茶。

"比如，文中谈到古人治国有三种方法：王道主要是采用教育的方法，而霸道采用威慑的方法，强国主要采用强迫的方法。这三种方法不能随便更换。春秋时的名相管仲说：'圣人只能顺应时势而不能违背时势。聪明的人虽然善于谋划，却不如顺应时势高明。'战国时的邹忌也说：'一切政治文化都是用来匡正时弊、补救失误的，如果适应当时的情况就用它，不适应就舍弃。'所以，在应当实行霸道时却用王道去教化，应当强国时却用霸道，都会适得其反。"

严东子微微点头。

李白继续说："如果时逢天下大乱，人心诡诈，传统的道德观念被破坏，这时候，不实行霸道去威慑，该杀的杀，该处罚的处罚，还讲什么伦理道德，企图慢慢教化，就像让不识水性的人来救落水的人，让那些达官贵人来救火一样，根本是行不通的。"

说着说着，李白就不由自主地坐在东严子对面，端起茶喝了起来。

东严子示意他继续讲下去。

就这样，他们一直谈到月影偏斜，才让酒保安排去客房休息。酒馆简陋，当然是两人同室而居。李白十分放松，似乎把这十几年的疑惑全部倒了出来，而东严子并没有回答多少，只是点头赞许。李白觉得心中豁然开朗，坐在椅子上，手拄着头，合上眼。

清晨，鸡叫声由山里传来，李白起身出屋。李白见东严子站在一棵榕树下，身边有三只猴子蹲坐着，仰头盯着东严子的脸，似乎在上早课。

李白觉得异常奇怪，上前问道："这猴子是真人养的吗？"

东严子摇摇头："山里的，我刚刚叮嘱他们再不要到村里去偷吃百姓的果子。"

"真人懂兽语？"李白问。

"这山里的鸟兽都经真人训练过了。"老酒保把早饭端来放在桌上，插嘴说。

李白惊讶万分，又施一个大礼："请真人教我驯鸟之术。"

东严子微笑不语，进屋吃饭，之后起身要进山。李白想到与吴指南的约定，决定留下来等他，然后，一起进山。

东严子一声呼哨，有只正在空中盘旋的苍鹰迅速冲下来，落在他的臂弯上。东严子对苍鹰说："你就在这里与太白一起等他的朋友，引领他们上山。"说完，一抖臂弯，苍鹰盘旋而上，栖在榕树的枝杈上，蹲守不动。

李白等了两天，吴指南终于到了。在这两天里，他已经跟苍鹰建立了友谊，能够顺畅地交流。他发现，与禽鸟相处也并不难，只要把它当成人一样看待，面带友善，静静观察它的动作，领会其意图。在这个过程中，苍鹰也在观察人，揣摩人的举手投足，彼此打开心门，不同种类之间成为朋友也没什么难的。

吴指南对驯鸟没太大兴趣，他谨记父亲的叮嘱，要向东严子学习纵横之术，以便像毛遂那样出人头地。

大匡山，现在的岷山，与秀美的戴天山完全不同。大匡山山势险峻，越往上越如斧削，且气候多变。在山下时看得见山花烂漫；及至山腰，则有丝丝凉风沁入脖颈；抬头仰望，山顶石间似乎有白雪覆盖。一路前行，不时有小兽蹿过，头上飞鸟盘旋。林间沁凉的露珠拍敷着脸。

一路前行，李白发现所有鸟兽似乎都不惧人，如同久未见面的老友，在他们肩头驻留。小松鼠偶尔会攀到人的头顶，作为支点，一纵身蹿到粗壮的树干上去。而彩鹦鹉则在枝梢间鸣叫。琴鸟开心地拍拍翅膀，发出古曲一样悠深的乐声。

就这样，他们在山上一住三年，跟着东严子学习剑术、纵横术，驯鸟唤禽。东严子尽管隐居深山，可是，外面的事情却知道得清清楚楚。山里的每只鸟兽都是他的信使。

不知不觉间，李白也养了上千只珍禽奇鸟，只要他一声呼哨，原本在树间飞翔的鸟便会落在他的肩膀上，或者落在他的手上。他似乎对养鸟这事上了瘾，听说哪里有珍禽就想方设法弄来，多数时候，人们都需要他作诗一首当作交换。

有一次，他听说有个叫黄山胡公的人在山里捡到白鹇的蛋，带回家，用家鸡孵化，之后饲养长大，非常驯服。白鹇这种鸟性子非常刚烈，对人类不大友好。李白几次试着养，都没有成功，就去拜访黄山胡公。

"请您开个价吧！"李白在去之前早已从家里的分店铺里支取了一大笔银子，打算高价向黄山胡公购买。

黄山胡公捻捻胡须："这鸟不能卖给太白公子。"

李白怔住了："难道有出得起更高价钱的人？"

黄山胡公摇摇头："这鸟多少钱也不卖，只求太白公子赐诗一首。"

李白一听，别提有多高兴了。作诗一首，对自己来说不是小事一桩嘛。于是，他提笔写了一首《赠黄山胡公求白鹇》：

> 请以双白璧，买君双白鹇。
> 白鹇白如锦，白雪耻容颜。
> 照影玉潭里，刷毛琪树间。
> 夜栖寒月静，朝步落花闲。
> 我愿得此鸟，玩之坐碧山。
> 胡公能辍赠，笼寄野人还。

我用一双珍贵的白璧买你的这对白鹇。白鹇的羽毛像锦缎一样，雪白的颜色让白雪也自愧不如。白鹇在玉潭里照影，在琪树间梳理羽毛。夜晚在寒月下静栖，早上在落花间散步。我希望得到这对白鹇，在碧山绿水间玩赏。胡公你如果能相赠，我就住在这儿不走啦，当一个山野村夫，天天与白鹇作伴。

李白文采横溢，还会驯养珍禽的事很快在大匡山附近家喻户晓。当地的刺史裴长史对他非常好奇，特意来到大匡山书院拜访他。

"太白公子有此奇才，何不出仕，为朝廷做些贡献？"裴长史问。

李白颔首不语，他来大匡山学习也正是想出去成就一番事业。如果这位裴长史能举荐也不能说不是一次机会。

裴长史回去后立刻写了举荐折子派人送去京城。不久就得到了回复，皇上准许了他的举荐。裴长史兴冲冲地来到大匡山把皇上的批复递给李白看。

刚听到这消息时，李白也很开心，可是一看批复折子，脸色立刻变了。原来，唐玄宗认为李白能养奇鸟唤珍禽，一定有着超人的法术，要任命他做一名御用法师。

李白简直啼笑皆非，但想到裴长史一番好意，便委婉地说："长史为太白费心了，我志愿凭着自己的才能，为朝廷作一些实际的贡献，并不想靠着玩鸟、法术等谋取荣华富贵，还请长史再留意其他职位有没有适合太白的。"

第八章

走琴台　访扬雄

李白与吴指南决定下山去寻找机遇。临行前，李白问了东严子一件事，那是他一直想问却不敢提及的。

"真人，您的才能，放眼大唐天下，无人能及，为何不出去做一番大事呢？国家需要您这样的睿智之人呀。"

东严子微微一笑："我生在开元盛世，皇帝的统治开明适时，想我去了也没有用武之地。功名对我来说毫无意义。我与自然鸟兽浑然一体，我之生命来于自然，归于自然。"

李白也不再多提，他想：如果有才华而不去实现自己的远大抱负，便不如庸庸碌碌一生，过那种娶妻生子、晚间话凉的生活，一生无名，来去无痕。男儿来世上走一遭，一定要成就一番事业，在青史上留下名字才不枉此生。

于是，他们辞别赵蕤，离开匡山书院，一边游历一边寻找机遇。

他们仍然是在山下的酒馆略作歇息，又叫老夫妻做了备用的干粮。回望大匡山，李白吟道：

> 晓峰如画参差碧，藤影风摇拂槛垂。
> 野径来多将犬伴，人间归晚带樵随。
> 看云客倚啼猿树，洗钵僧临失鹤池。
> 莫怪无心恋清境，已将书剑许明时。

远望匡山，青山如画，青翠的颜色深浅不一，树木参差不齐。藤影随风飘动，垂到栏杆上。山间的小路上，行人带着家犬行走，晚归的农民背着柴薪。猿在树上喧叫着，我倚树而立，看见大明寺里的僧人在失鹤池中洗吃饭的钵盂。不是我不爱这秀美的景色，只因为我决心将一身才华投入到政治清明的时代中，去开创一番事业。

他们规划了一下路线，李白决定在回到家之前先去两个地方。但这时候，吴指南突发疟疾，卧倒在客栈里。李白急忙找来医生为他诊治开药。

吴指南瘦得眼窝深陷，歉疚地说："太白兄，我这身体拖累了你的行程，不如你把我放在这里，独自去吧。"

李白摇摇头："指南兄说的哪里话，你我从小一起长大，如手足一般，哪有丢下手足独自前行的道理。不要想太多，好好休养，很快就会好的。不如你跟我学习剑术，也好强身健体。"

吴指南摇摇手："我生性愚钝，不是那块材料，而且，也真的不感兴趣。"

五天之后，吴指南终于痊愈了。二人重新上路，直奔琴台。

李白决定回家之前去的两个地方，第一个就是司马相如的琴台。早在十五岁，他就以司马相如为偶像。这次，他要瞻仰他的琴台，去体会那首《凤求凰》。

《凤求凰》是汉代文学家司马相如的古琴曲，讲的是司马相如和卓文君的爱情故事。相传，司马相如生病后回到四川临邛，过得很清贫。临邛县令王吉爱慕他的才华，就邀请他："长卿，你长期离乡在外，求官任职，不大顺心，不如来我这里坐坐，聊聊天，散散心。"于是，司马相如就应邀而去了。

当地的富人卓王孙听说县令家有贵客，便设宴招待。司马相如开始假装生病不去，后来王吉一再相请，只好去了。

卓王孙家有个女儿叫卓文君，美丽聪明，精通诗文，善于弹琴，只是十七岁丈夫去世，就守了寡。她早就听说了司马相如的才名，便偷偷躲在屏风后偷看，不禁被司马相如帅气的形象惊到了，一下子就喜欢上了他。而司马相如也早听说了卓文君的名字，偶尔之间，从屏风一角知道了文君偷看自己，就弹起了琴，借琴音传达对文君的爱慕之情。吃完饭后，司马相如又通过侍女把心意传达给文君。于是，文君趁着深夜逃出家门，与司马相如私奔到成都。

卓王孙一听可气坏了，这在当时是多么违反礼教的事呀。他声称一点钱也不会给文君。

司马相如的家里穷困不堪，两人有时一整天都饿肚子。住了一阵子，卓文君说："不如我们去临邛吧，跟我的族兄弟借些钱，我们做点生意，维持生活。"

司马相如也没有别的办法，就跟着她一起到了临邛，把马车卖了，开了一家酒馆。

卓王孙听后，更生气了。自己这么富有，女儿却站在街边卖酒，真是太丢人了，气得整天连门也不出。后来，他的兄弟都劝他："你只有一子一女，现在文君委身于司马相如已成事实。司马相如一时不愿意外出求官，虽然家境贫寒，但毕竟是个人才。文君嫁给她，也不算坏。而且，他还是县令的贵客，这有什么难堪的呢？"

卓王孙很无奈，就分给文君一些奴仆和铜钱。卓文君和司马相如回到成都，购买了田地，过起了衣食无忧的生活。

李白和吴指南来到琴台，坐在当年司马相如家的小酒馆，要了一壶酒，慢慢地喝着，看着年迈的妇人在柜台里算账，身材瘦小的酒保忙里忙外地端菜递酒，再看着他收拾碗盘转到后面去洗涤，不禁一声叹息。

吴指南并不知道此时李白的兴致已经一扫而空了。他问老妇人有没有琴。老妇人指了指对面的琴坊。吴指南起身去那边问能不能借一把古琴。琴坊的掌柜立刻精明地把吴指南拉进去，指着架子上的琴："瞧，这些全是当年司马相如用的琴。"

"他不是只弹了一首《凤求凰》吗？怎么会同时用这么多琴？"

"后来呀，他们在这里开酒馆，每天晚上客人走了，他就会弹琴给卓文君听。他用不同的琴弹出的古曲味道就不一样了。"

吴指南的鼻子差点气歪了，也非常扫兴，转身回到酒馆，拉起李白："走吧，走吧。"

他们要去的第二个地方是扬雄故宅。为什么要去扬雄故宅呢？三年前，离开家时，他不是跟父亲说不想像扬雄那样只顾埋头抄经吗？其实，在李白心里，扬雄是个特别的人物。李白只听说过有人改名，却没听过有人连姓都改了。扬雄原本叫杨雄，为了标新立异，他把姓改为扬。他也是西汉时有名的辞赋家、散文家。这个人天生口吃，不善言谈。他家里贫穷，却不贪富贵，到四十岁时才被一名叫杨庄的人引荐，进京负责祭祀的事。后来，他又被安排在天禄阁整理经书。尽管李白不喜欢他最后的工作，但是在《三字经》中，他被列为五子之一，可见其文学成就之高。

何况扬雄故宅也在成都，只是顺路的事。

李白自小生活富足，所以对扬雄的那篇《逐贫赋》非常好奇。这也是他一定要去扬雄故居看一看的缘故。扬雄到底生活窘迫到什么程度，才会迫使他写出那么一篇文采非凡的赋？

《逐贫赋》写了扬雄想摆脱贫穷却甩不掉的无可奈何的心

情。他说：我想舍弃贫儿，跑到昆仑之巅，但贫儿却飞上天跟着我；我躲到山崖里，贫儿也跟着上来；我摇着船躲到海上，贫儿也跟着来到海上；我走贫儿也走，我停贫儿也停。我质问他为什么跟着我，我赶他，说多一分钟也不想看到他。

这是一篇扬雄自嘲的黑色幽默作品，尤其是他与贫儿的对话更是有趣。扬雄赶贫儿走，贫儿说："我多次自我反省，自认为没什么过错。我常住在你家里，给你带来无尽的福气。你不记住我的恩德，却纠结于我的穷气。因为我的存在，你才能习惯了寒暑交替，简直成了不会被苦难折磨而死的神仙。那些盗贼和贪官绝不会来你这里偷盗搜刮。别人睡觉时都要锁好几重锁，而你四门大开也没关系，别人整天提心吊胆，你却从来不用担忧这些。"

扬雄借贫儿的口说出这些，讲述清贫的心安，幽默又大胆，也是前无古人的。这正是李白喜欢扬雄赋的地方。

第九章

〜

辞亲远游　一去不回

不想，这一回到家，又耽搁了两年。这两年家里发生了许多事，他没能走开。

李白离家三年，回来时妹妹已经长成亭亭玉立的大姑娘了。据母亲讲，近几年前来提亲的人络绎不绝，但妹妹月圆始终不肯应允。

"太白，月圆自小最听你的话，你去劝劝她。前阵子，陈家托人来求亲，那年轻人不错，博学多才，将来一定能考取功名，大有前途。"母亲交代李白。

李白走进后院妹妹居住的地方，见天井中央池子里的莲花已经开败，只剩下莲蓬，莲叶卷曲着，边缘枯黄。不知为何，即将见面的兴奋立时被冲淡了，一股不安和凄凉涌上心头。他站在窗下，咳了一声，轻声道："月圆，哥哥回来了。"

其实，兄妹二人是常通信的。李白给妹妹写的信中除了讲述自己的生活状况，多半都是修道、练剑、驯鸟的体验分享。妹妹也常常附诗回复。李白回家的事，妹妹也早在书信中得知，只是具体时间不确定。她知道，哥哥是随性而为的人，不能用准确的时间约束他。

"哥哥请进来吧。"月圆并没有像以前那样跑出来拉着他的手叽叽喳喳地说个没完。

李白听得出，她的声音也变了，变得沉重成熟，早已不是三年前的小女孩了。他推开门挑帘进去，见月圆正坐在正厅的桌前看书。见李白进来，月圆放下书，起身施礼。李白这一望不由得心一沉。月圆的个子长高了半头，但是神形瘦削，脸色也不太有光泽，一副失魂落魄的神情。这哪里像待嫁的女孩呢？

"月圆，你看上去为何如此憔悴？"李白惊讶地问。

"哎……"月圆叹了口气，"我有一事想不通、想不明……"

"什么事？"李白问。

"自前年家里就陆陆续续有来提亲的，有的家境不错，有的人品不错，但是，我无意于婚嫁。"

"男大当婚，女大当嫁；这是天经地义的，也是为人子女尽孝之举。我们一日不成家，父母亲就会一日不安心呀。"

"可是，我只喜欢自己的家，喜欢跟父亲、母亲和哥哥生活一辈子。"

"这是哪里话？你要成为别人的妻子，生儿育女，享受那天伦之乐。"

"成为别人的妻子有什么好？世间最为人称道的爱情无非是司马相如与卓文君，但后来司马相如做了官，不是还想着纳妾，休掉文君？"

这句话问得李白哑口无言。他是那么崇拜司马相如，而且他并不觉得司马相如后来又要纳妾有什么不对。但面对弱不禁风、楚楚可怜的妹妹，他又不方便说出真实想法，以免刺激了她。李白坐了一会儿，便怏怏地走了。

李白回到母亲那里，摇摇头："母亲大人，还是由着她的心意吧。"

母亲也只好叹了口气。

就这么过了一年，妹妹月圆的身体愈发瘦弱，似乎患了厌食症，什么也吃不下，吃一点就吐出来了。半年之后，月圆气若游丝，躺在床上没几天便撒手而去了。

鉴于她生前不愿离开家的愿望，李白和父母把她葬在家后方的一片菜地旁。

妹妹去世后，李白愈发苦闷。他想着妹妹月圆，连家门也没走出去过，不曾见过外面的世界，甚至不曾体验过爱情和婚姻，就……不，自己的人生绝不能这样虚过，至少要干出一番轰轰烈烈的事业来才行。二十四岁这年，他决定再次离开家，不同的是，这次不是去学习，而是用学到的知识去闯荡江湖！

李客当然不反对啦！因为他发现，这次李白回来，完全变成了另外的一个人，他对于国家政策的见解，对于人生的领悟再也不是停留在那个提剑就想杀人、惩恶锄奸的青涩少年了。只是他这挥金如土、嗜酒如命的毛病越来越严重啦，不免有些担忧。李母更是涕泪横流，呜呜咽咽地说："我儿在外面广交朋友，这一点我并不担忧，即使身无分文，也不至于饿死，只是常常饮醉，难免挨冻受冷，要是哪天醉倒在山间，遇到野兽该如何是好？"

"母亲不必担心，我自有分寸的，有朋友在身边便多喝点，醉了也有人照顾我，没朋友时，能不喝就尽量不喝了。"李白安慰母亲。

母亲摇摇头，没再说什么。她太了解自己的儿子了，对着月亮都能独自饮醉，能做到不喝，恐怕太阳要从西边出来了。

但是，男儿志在四方，大丈夫就应该建功立业，她不能阻挡，也只能由他去了。

李白约上吴指南，二人再次离开家乡。李白这一走一生都没有再回来。吴指南也一样。

这天，他们来到江陵地区，天气炎热。傍晚时分，吴指南面色绯红，呕吐不止，似乎是中暑了。他们急忙找了家客栈，李白便到市上请了医生为他抓药。吴指南喝完汤药后，吐得身体软弱无力，昏昏沉沉地睡着了。李白无聊，在廊下练了一会儿剑。他见客栈伙计打月亮门那儿经过，便叫住问话："江夏这里可有什么得道的高人？"

伙计懵懂地摇摇头，又想了想："听说最近有个大师叫司马什么的要经过这里。"

"司马承祯吗?"李白眼前一亮。

"好像是这个名字,前天有好几个道士在这里议论来着。"

"你听没听说他住在哪里?"

"我帮你打听打听吧,肯定是哪个道观。"说完,伙计就出去了。

这个消息无疑像一缕春风吹进了李白的心里,没想到会有这样的运气,在这里遇到有名的道教大师司马承祯。

这位司马承祯博学能文,道行高深,还写得一手好篆字,诗也飘逸如仙。武则天时期三朝皇帝都非常重视他,屡次被召入京,要封给他官爵,他都拒绝了。当朝皇帝更是尊敬他,曾经将他召到内殿里,请教经法,还专门为他造了阳观台,并让自己的妹妹玉真公主跟他学道。

李白对这位道士早就崇敬得不得了,盼着能见上一面,当面请教。没想到,偶然之间,机会就来了。

伙计打听到司马承祯的住所之后,李白一刻也等不得,带上自己的诗文就去了。

他赶到司马承祯落脚的地方时,前来求道的人已经排到了山门。李白只好排在队伍后一点一点地往前挪。幸好,那些人多是请教怎么才能发财,怎么才能当大官。司马承祯随便应付应付也就过去了。终于轮到李白了。他器宇轩昂地走进去,恭敬地递上自己的诗文。司马承祯拿过一看,文字间多是才情,丝毫没有俗人那些求财求官的世俗气，不禁抬起头端详李白。见面前这个年轻人宽眉阔眼，资质不凡，不由得赞叹道："年纪轻轻竟然有这么深远的见地，公子眉宇间也有一股子仙风道骨之气，神游八极之表啊！"

李白一听这位高人对自己的评价如此高，心里也很诧异，当然更多的是惊喜，眉梢间不免流露出得意的神情。

司马承祯又说："我看你眉宇间含着英气，言谈之中，不忘苍生社稷，志在匡扶国家，救济苍生，以你的才华，在这样的盛世里，自然是能鹏程万里的，等你建功立业这件事完成之后，再到天台山来找我吧。"

李白疑惑地望着道士，没听明白他的话。

司马承祯把拂尘一挥，笑着说："岭上白云，松间明月，无往而不相逢。"

李白恍然大悟："功成，名遂，身退，这正是我的志愿。"于是高高兴兴地拜谢离去。

回到客栈，李白每天都要把司马承祯对他的赞扬回味上几遍，并讲给吴指南听，听得吴指南都能倒背下来了。他飘飘然地胡思乱想，一会儿想象自己是那《神异经》里昆仑山的大鸟；一会儿又想象自己是《庄子·逍遥游》里的鲲鹏。他认为，司马承祯是那希有鸟，而自己就是鲲鹏。只有希有鸟才认识鲲鹏，也只有鲲鹏能认识希有鸟。迷茫中，他看见北冥天池中的巨鲲，随着大海的波涛，迎着初升的太阳，化成大鹏，飞起在空中。它一振动翅膀，便使得五岳都震动，百川奔流。接着，它在广袤的宇宙中翱翔，时而飞在九天之上，时而潜入九渊之下，那更是地动、山摇、海啸。它一会儿飞向北荒，一会儿又折向南极。烛龙为它照明，霹雳为它开路。三山五岳在它眼中只是一个小小的泥丸，五湖四海在它眼中只是一些小小的杯盏。古代神话中善于钓鱼的任公子，曾经钓过一条大鱼让全国人吃了一年，见了它也甘拜下风。夏朝时有穷氏后羿，曾经射下来九个太阳，见了它也不敢引弓。他们都只是放下钓竿和弓箭，望着叹气。甚至开天辟地的盘古打开天门一看，也目瞪口呆。至于海神、水伯、巨鳌、长鲸之类，更是纷纷逃避，连看也不敢看了。

这到底是什么样的神鸟啊？世间有吗？有，在李白突破脑洞的想象里，在李白夸张的诗文里。

这些对大鹏的赞美，也可以说是对他自己的赞美，都写在了《大鹏赋》里。

结尾的两段特别有趣，他写道：

大鹏难道能和那个待在蓬莱岛的黄鹄相比吗？难道让人去夸耀那金饰装点的上衣和菊花做成的下衣？大鹏不屑于学凤凰，绝不会像凤凰那样去炫耀羽毛上的色彩。这些禽鸟都早已被神仙役使，有的长久地、驯服地栖在护城河的小水沟里。精卫勤劳地衔着树枝填海，鹦鹉对着人们敬献的美酒哀叫。天鸡在蟠桃树上报晓，三足乌在太阳中发出光芒。它们都不能在旷远无边的地方随心所欲，整天被规矩束缚着。它们都不如优游自在的大鹏，没有任何东西能与大鹏相比。大鹏从不骄傲自大，常常顺应时宜，调整自己的行止。领悟道的根本，以比较寿数多少，饮用天地未分前的混沌气来充饥。在太阳升起的地方游戏，从容而安逸，倚托着南海的岛屿，扬扬而自得。

　　不久，希有鸟看见了大鹏，它对大鹏说："大鹏你真伟大，见到你我真高兴，我右边的翅膀可以覆盖西方极远之处，我的左翼能遮挡东方极远之处。跨越疆域的界限，盘桓天之纲维。以恍惚作为巢穴，把虚无当成场地，我呼唤你与我同游，你和我一起飞翔吧。"于是，大鹏答应了它的请求，高兴地随它飞去。这两只鸟飞上了辽阔的天空，而那些小鸟们，只能困在自己那短浅的见识里，徒然地对它们发出嘲笑。

第十章

埋葬吴指南

李白每天在院子里念他这首《大鹏赋》。吴指南卧在榻上越发焦急，从诗里他听出了李白的远大志向，也知道他内心肯定非常着急地想像大鹏那样去自由飞翔，只是为了照顾自己而被拴在这小小的客栈里。

这天，他趁着李白早早外出练剑，独自起身洗漱完毕，装出很开心的样子，走出屋门，对李白说："太白兄，我们上路吧。"

李白转身看着他，问："你的身体好了吗?"

"瞧，全好了。"吴指南挺挺胸，笑着说。

李白也没多想，二人收拾行李便上路，经岳阳，一路南行，到达目的地洞庭湖。

湖上泛舟、高歌、饮酒、写诗，这是他们设计好的行程。于是，他俩租了一条船，由船家撑着在湖上任意游走。二人坐在船头，望着茫茫湖水，不由得心中一阵荡漾。

"指南兄，你身体刚刚好，不要喝酒了。"李白拿出酒，迎着风倒了一杯。

"不，我要陪太白兄喝一点。"吴指南也倒了一杯。二人相视而笑，一饮而尽。

他们弹起了古琴，唱着古老的曲子。

夕阳西下，阳光洒在湖水上，泛着金色的波光。一船二人对饮的剪影宛如一幅画。

"客官，晚上在船上过夜还是靠岸?"艄公问。

二人此时都喝得有些醉意，异口同声地说："在船上!"

于是，艄公在船头点起了香草，驱赶蚊蝇。之后，艄公就独自坐到船尾抱着船桨打盹了。

二人又喝了一会儿，便回到舱里睡着了。

微风吹来，船在湖面上轻轻地晃着。岸上的灯光打在湖面上，形成一道道红色的纹路，在静谧的夜色下随波而动。

深夜，吴指南突然大咳起来。李白急忙命艄公把灯点亮，只见吴指南的衣襟上全是血，脸色苍白如纸。

"艄公，快快上岸，去找医生。"李白命令着。

艄公急忙用力划起船桨。

吴指南继续咳嗽着，吐着血。吴指南的脸色渐渐变成青紫，嘴唇也紫了，眼球一动也不动了。没等到岸边，他就停止了呼吸。

　　李白和艄公把吴指南的尸体抬到岸上，李白伏在尸体上号啕大哭。艄公问："公子，我去帮您找找棺材铺。"李白竟没听见，哭得昏天暗地，气都喘不上来，许久才缓过神来。

　　艄公找来棺材和纸扎，可是李白仍然抱着尸体不肯松手，三五个人都拉不开。人们也只好作罢，慢慢地散去了。

　　李白哭得再也哭不出眼泪了，想想自己的漫游计划，决定先把吴指南葬在洞庭湖边，等这一带游完再重新安葬。他四下张望，见洞庭湖东岸有一片树林，树木葱茏，便背着吴指南过去，就地挖坑。但是，他迟迟不肯将吴指南放进坑里去，就那么一直守着。

　　天空将白的时候，山风有些凉气，吹得他蜷缩着身子伏在吴指南身边。朦朦胧胧中，他闻到一股腥气。根据他在大匡山与禽兽打交道的经验判断，那是一个身形颇大的大型野兽。他猛地睁开眼，见一只中等大小的老虎正一步一摇地朝吴指南的尸体走来。李白腾地跳起，随手拔出宝剑，朝那猛虎猛劈。猛虎也腾空立了起来，对着李白挥着前爪，喉咙里发出呜呜的低吼。李白不顾一切地跳到吴指南尸体前方，对着猛虎刺了一剑。猛虎一扭身闪开了，尾巴带着风声横扫起一阵尘烟。李白毫不放松，向上蹿了一步，横着又是一剑，这回正扫在猛虎的头顶上，削掉了一截虎毛。

　　老虎并不想恋战，头也没回地跑回树林中去了。

　　李白不敢再耽搁，急忙把吴指南的尸体埋进了坑里，削了木碑，用剑刻好字。

再次上路，形单影只，李白的心情当然是凄凄切切。

也许是习惯了两人结伴同行，习惯了边走边有人唱和，习惯了遇事有人商量，尤其是李白这样在生活方面比较大大咧咧的人，饮食起居等琐碎之事一向由吴指南来决定。现在，他大大小小的事都要自己料理，突然发现自己自理能力不是一般的差。而且，因为只有一个人，他也不敢喝太多酒，怕迷迷糊糊走错了路。

其实，李白是不大会看地图的。平时，这些事都是吴指南做的，他只管拍板。吴指南完全充当着他的秘书之职。现在，他只管一路南下。

一路下来，不知不觉到了杭州。早就听说杭州有天堂之称。李白来的时候正是深秋，繁花多半落尽，树木根深叶茂，不觉有一些阴冷凄凉。他随便找了一家酒馆进去要了壶酒，准备喝点暖暖身子。

正喝着，突然见酒馆掌柜朝着门口不耐烦地挥手："去去去，不要再来了！"

李白扭头一看，见一个形容瘦削的公子一脚跨在门槛上，一脚还在外面。那人面色蜡黄，两腮塌陷，两眼迷离无神，身上的袍子皱皱巴巴，胳膊肘处打着一处补丁，显然是一位落魄公子。

"掌柜的，就让我在这里坐一坐，喝碗热汤可好？这回我什么也不吃。"那落魄公子恳求着。

"我已经给了你三次了，你就到别家要点行不？别可着我一家呀，我这小店也是小本经营。"酒馆掌柜挥着手。

公子面容羞愧，张着嘴，却说不出话来。

"进来吧，来，坐我这里。"李白朝公子招招手。

"哎，您最好别招惹他，像他这样的落魄公子多了，今天你招惹了他一个，明天来两个。"酒馆掌柜提醒李白。

"来两个就请两个吧，都是读书人，分什么你我。"

酒馆掌柜摇摇头不再说话，按照李白的吩咐给那落魄公子端来汤饭，又加了两盘菜。

那公子穷困潦倒，却没有失去读书人的礼仪。他在落座之前，整整衣襟，恭敬地站好，深深地给李白施了一礼："多谢兄台施舍！"

当他说出"施舍"二字时，李白的内心一沉，不由得悲从心底升起，读书人何以落到如此地步？！李白急忙抬手把他扶起，请他快点坐下来吃东西。

"贤弟何不喝一杯？"李白端起酒杯。有两个多月，他都是自斟自饮，这次终于有人陪了。

"小弟不胜酒力。"那公子摆摆手，又问，"请兄台赐教名讳，以便日后报答。"

李白摆摆手："谈什么报答，能有人陪我坐在这儿吃饭、聊天、喝喝酒已经是最快乐的事。李白，字太白，叫我太白就好了。"

"哦，太白兄，在下陈指南。"那公子也报出名字。

李白不禁一怔。陈指南，与故去的发小只差一个字。李白不由得激动地拉住了陈指南的手，眼角竟然流出两行清泪。

"太白兄，莫不是想起了伤心事？"陈指南惊慌地问。

"只因想起前不久才故去的好友吴指南。"李白发觉失态，急忙松开手，抹抹眼角的眼泪，端起酒杯，"今天咱们大醉一场吧。"

于是，二人推杯换盏地尽情喝了个够。最后，李白浑然不醒，陈指南也手脚发飘。酒馆掌柜只好叫人把他们扶到后面客房休息。

第二天，李白醒来睁开眼，见陈指南坐在床边，还没离去。

"哎，失礼了，指南，不，陈贤弟。"他想还是不要提指南二字了吧，否则徒增伤感。

"不，不失礼，太白兄豪爽直率，有侠客风骨，小弟钦佩、仰慕犹恐不及，只是在等着兄台醒来告别。"说着，陈指南站起身躬身施礼，准备告辞。

"陈贤弟稍留一下，"说着，李白拿过自己的包袱，把里面的银两大约三十多两全部拿出来，放在陈指南手上，"贤弟正值困窘，为兄身上只有这些，你拿去吧。"

"这，这怎么使得？太白兄已经请我吃饭饮酒，怎么能再赠银两，让我这七尺男儿颜面往哪里放？不，我不能再接受。"陈指南转身就走。

李白急忙下床，顾不得穿鞋，穿着袜子追了上去。

陈指南只好伸手拿了一些："好，我知道太白兄是真心实意，只拿这十两吧。其余太白兄自己留着用，你还有许多地方要去，怎么能全都给了我？"

"你只管拿着，不要管我，我自有取钱处。"李白不由分说全都塞给了陈指南。

第十一章

散金三十万

　　当然，李白有地方去拿钱，他老爸是富商呀。他很快在附近找到了自家的商铺，支取了几百两银子，前往金陵。李白为什么要去金陵？

　　金陵，现在叫南京。在历史上，南京有过许多名字，最雅致的便是金陵。为什么叫金陵，不叫银陵、铜陵呢？据地方志上记载，陵就是现在的钟山，也叫金陵山。因为山顶上的岩石泛着紫光，所以又叫紫金山。金陵用作城池名是战国时期的事。公元前333年，楚威王灭掉越国后，就在清凉山上修建了一座城池。因为那时候紫金山叫作金陵山，所以，就把这座城池叫作金陵邑。当时，长江是从清凉山的西麓下流过的，金陵邑临江而建，地势非常险要。楚威王选在这里建城邑，是想以地势作为屏障夺取天下。

　　李白想去金陵的原因有两个：一是因为它是几朝古都。早在三国时期，东吴的孙权就建都建业（今南京）。在这里建都的还有东晋的晋元帝司马睿、南朝宋的宋武帝、南朝齐的齐高帝、南朝梁的梁武帝、南朝陈的陈武帝。二是因为金陵人才辈出。这里的人们历朝历代都崇尚读书与考取功名，几乎每届科考都有状元产生。

最令李白向往的是"山中宰相"曾经生活过的地方。山中宰相即陶弘景，是南朝齐、梁两朝间有名的道教家、医药家。在齐高帝时曾做过卫殿中将军，后来辞职隐居在句曲山中。后来，梁武帝多次想请他出山，他都拒绝了。但是，梁武帝每每来向他咨询，他都耐心解答，献计献策，所以被称作山中宰相。这种进能在朝廷做官，退在山间也能指点江山的修道人生，正是李白向往的呀。

二十六岁这年春天，李白到了金陵。带着昔日皇家气派的金陵街上，突然出现一名身材高挑、双目如虹的男子，街上的人似乎都惊呆了。行人们好奇地打量着这位着紫袍、骑白马，大摇大摆穿街而过的公子。

然而李白却隐隐有一丝失望。因为他看见，路两边的亭台楼阁、翘角飞檐已不再辉煌，似乎蒙上了一层灰尘，有种过气之感，有种衰颓的气象。

不管怎样，既来之，则安之。李白跳下马，找了一家门脸气派的酒馆，立刻有人来帮着牵马。接着，一个富家公子模样的人走出来招呼："来的可是李白公子？"

"正是，请问兄台如何认得我?"李白倒是没怎么惊讶，因为他早已习惯了遇人自来熟啦。江湖行走，四海皆兄弟嘛。

"前几日陈指南兄已经修书过来，说有李太白要来金陵，是他落魄时的恩人，让我一定要好好招待。小弟冯子斋，太白兄叫我子斋就好了。"说着，这冯子斋就把李白让进了酒馆。

他们进了楼上独立房间，里面早已摆好桌盘及酒具。不一会儿工夫，又来了三个公子，都是冯子斋的朋友，在当地很有才名。李白大受感染，一杯一杯豪饮起来。席间，冯子斋问："太白兄要在金陵盘桓多久?"

李白沉吟道："刚刚走在街上，一种怅然之情油然而生，还是不多做逗留了，明天准备去广陵。"

"啊，太白兄自有打算，小弟也不多言。既然这样，这场接风宴也便成了送行宴了。"说着，冯子斋招呼人请歌女上来，弹唱几曲。

一会儿工夫，只见一个瘦弱小巧的女子抱着琵琶走上来，对着李白轻轻施礼后，坐在凳子上，调弦唱了起来。女子声音绵软，柔和如徐徐微风，吹进人的耳朵里。李白不禁又想起吴指南来，如果他也在该多好啊，不觉神情落寞起来。

"太白兄为何闷闷不乐?"座上一位年纪稍小的公子问。

李白从沉思中清醒过来，端起酒杯："不去想了，来，我们继续喝吧。"

"是呀，先生何必为故人、故事烦忧，只管多想想明天要去更好的地方，看更好的景致，听更好的曲子。"那位艺人已经唱完一曲，起身过来为李白斟了一杯酒劝道。

"说得有道理。"于是，李白起身，作了一首诗：

> 风吹柳花满店香，吴姬压酒劝客尝。
> 金陵子弟来相送，欲行不行各尽觞。
> 请君试问东流水，别意与之谁短长？

春风吹着柳絮，满店里都飘着香味。吴地的女子捧着美酒劝客人品尝。金陵的朋友们纷纷前来相送，主客畅饮频频举杯，一饮而尽。请问问这东流的江水，离情别意与它比，谁更长呢？

当然，第二天李白没走成。一大早，冯子斋带着许多年轻人前来与他饮酒。几天之后，李白得知，这里面有几个公子家道中落，没有产业，除了读书，也没有赚钱能力。于是，李白就解囊相助。不知不觉间，李白竟然散掉了三十万两白银。

这天，李白又去一家自家的绸缎铺去取钱。掌柜板起脸："公子，实在不能再给您了，铺子里已经无法周转了。近些天一直细雨连绵，外商基本没有过来的，只靠零售，一天的收入还不如您一挥手抛给那些落魄公子的多。公子，其实有些人家境过得去，偏偏也去跟您求施舍……"

"哎——为人不要太过计较，天下读书人都是一家，何必算得那么清。这些人家里只有年迈的父母，又没有别的生意。"李白不愿意听店掌柜的话，他认为钱总是去去来来的，自己花不完当然要帮助需要的人。可他这番话绸缎铺掌柜哪听得懂呀，他兢兢业业地打理生意，每天都要一毫一钱地计算利润，钱都是一点儿一点儿积攒起来的，哪看得惯李白这样挥手就是几十两几百两地送人。

掌柜把脸一沉："公子，我实在拿不出钱给您了，您还是去别的铺子问问吧。"然后，就再也不理李白了。

李白也不气恼，转身想想，还是转而去扬州吧。扬州在当时很繁华，父亲设立的分铺也多，而且生意也比较好。对李白来说，全天下都有他家的生意，都有临时取款机，他从来没想过身无分文该怎么办。他有了钱会毫不吝啬地去帮助别人，他也相信朋友们一样会不假思索地帮自己。确实，大多数人都不如他的家境好，不如他有钱。他所到之处，能够招待吃饭、住宿，或者适当给一些路费的朋友还是很多的。他对人心胸坦荡，许多人也一样被他感染，坦诚相待。

扬州果然是一个不同凡响的城市，街铺林立，商贾众多。街上行人熙熙攘攘，十分热闹。李白到扬州后的第一感受是楼阁林立，人们的穿着也比较华丽，而酒馆也各具特色。作为唐朝最大的城市之一，这里聚集着四面八方的人。在这里，你可以看到各种相貌的人，甚至各种肤色的人，穿着打扮也是风格多样。可以说，世界各地风貌尽集于扬州了。

　　李白一直在这里游历，觉得有看不够的风景，体验不完的风土人情，尝不尽的美食美酒。整个夏季，他都流连在扬州，与朋友们"系马垂杨下，衔杯大道间。天边看渌水，海上见青山"，玩得别提有多尽兴、多惬意了。

　　盛夏过去，秋季来临，空气中有一丝凉意，风中有些湿冷。前一天，李白饮桂酒有点多，沉沉睡去时，被子掉落，着了凉。早上醒来时，他就觉得头痛欲裂，眼睛也发热，额头烫烫的。李白知道是受了风寒，急忙叫店里的伙计烧了热汤喝下，又派伙计去请医生。

　　医生拎着药箱过来，为他诊了脉，开了几剂汤药，叮嘱他近两天都不要外出走动，也不要饮酒了。

　　李白遵照医生的话，吃着清淡的汤饭，整天卧在屋里昏睡。有时候，他觉得躺累了，就坐起来，翻翻书。独自一人身处巷子深处的院子里，望着高高的灰墙和月影中黑色的房檐，再看看挂在墙上的剑，也已经有七八天没有拔剑出鞘了。他不由得万分伤感，想起家乡青莲，想到了在大匡山学习的日子，想起了亦师亦友的东严子赵蕤。于是，他提笔给赵蕤写信：

淮南卧病书怀寄蜀中赵征君蕤

　　吴会一浮云，飘如远行客。

　　功业莫从就，岁光屡奔迫。

良图俄弃捐，衰疾乃绵剧。

古琴藏虚匣，长剑挂空壁。

楚冠怀钟仪，越吟比庄舄。

国门遥天外，乡路远山隔。

朝忆相如台，夜梦子云宅。

旅情初结缉，秋气方寂历。

风入松下清，露出草间白。

故人不可见，幽梦谁与适。

寄书西飞鸿，赠尔慰离析。

　　我是飘在吴地的一片浮云，没有什么可依傍，是一个远行的客人。我还没找到可以成就功业的出路，岁月、时光却匆匆而去。我的雄心壮志就要磨灭了，一天一天地衰老，疾病缠身，且一天比一天重。古琴放在匣子里许久也没人弹奏，长剑挂在墙上也很久没有使用了。楚囚钟仪奏乐歌吟的是楚音，表达对家乡楚国的怀念。越国人庄舄富贵了也不忘乡音，在病中仍然用的是越地的口音说话。国都的门在遥远的天外，家乡的路隔着崇山峻岭。清晨我回忆司马相如的琴台，夜晚我梦见扬雄的故宅。旅途刚刚结束，秋天是让万物凋零的季节。风吹入林松下清冷，草间露水白茫茫。故人已经不可见，幽幽长夜与谁相依相伴呢？托西飞的鸿雁捎去一封书信，以慰藉那离别分隔之情吧。

诗里的钟仪是指春秋时楚国的伶人。他被晋国俘虏，却不肯摘掉楚国的帽子。晋侯问："那个戴着楚国帽子的人是谁?"手下人回答："是一个楚囚。"晋侯于是就叫人放开他，问他是干什么的，他回答是伶人。晋侯问他会乐器吗？晋侯给他琴，让他弹奏。他就弹起了楚国的歌，表示不忘故土。庄舄也是春秋时战国的人，他在楚国做了大官，有一回生了病，楚王问："一个越国的穷人，到了楚国，给了他官衔，才富贵起来，仍然思念家乡吗?"手下人去了解了一下，回来答道："他在床上仍然在说着越地的方言。"

第十二章

〰

结识孟浩然

如果是别人，生病时那样思念家乡，病一好肯定会立刻回去。但李白是谁？病一好，他立刻又开始游历了。去姑苏，这也是他在病快好时突然冒出来的想法。姑苏台是当年吴王夫差与美女西施日夜欢歌的地方。西施的故事需要补课吗？简单介绍两句吧。

西施是战国时的一位美女。当时，吴国强大，把越国给吞并了，越国的国王勾践当了俘虏，被关在吴国的牢里。而他忠实的大臣范蠡冥思苦想，想到一个主意。吴王夫差勇猛无比，用兵如神，用武力跟他斗肯定会输，但如果想办法消磨他的意志，让他自己颓丧而败，不是更省力？他们打听到夫差非常好色，就物色到了美女西施，把她献给夫差。夫差被西施的美貌迷住了，在山上筑了姑苏台，建了春宵宫，还建了座天池，池里有龙舟。夫差与西施整日沉醉于歌舞享乐中，不理朝政。吴国渐渐地士气涣散，国力衰弱。这时候，越王勾践发兵，把吴国打败了。

而姑苏就是夫差与西施一起享乐的地方。李白在这里怀古伤感，写了《乌栖曲》：

> 姑苏台上乌栖时，吴王宫里醉西施。
>
> 吴歌楚舞欢未毕，青山欲衔半边日。
>
> 银箭金壶漏水多，起看秋月坠江波。
>
> 东方渐高奈乐何！

姑苏台上的乌鸦刚刚归巢，吴王宫里西施醉舞的宴饮就开始了。吴歌楚曲一曲没结束，太阳就已经落山了。金壶中的漏水滴了一夜，吴王宫里的欢宴还没完。吴王起身看了看将要坠入江波的秋月，天快要亮了，仍觉得兴致未消。天亮了又怎么样，我的兴致正浓呢！

这首诗表面上是写吴王，实际上李白是讽刺当朝皇帝。本诗通过日暮乌鸦归巢、落日衔山、秋月坠江等景色，暗示荒淫的君王注定乐极生悲的下场。

写完这首诗，李白那忧国忧民的情怀又涌上来，尽管无比思念家乡，还是决定继续游历，寻找机会。

这次，他更坚定了决心，不做出点成绩绝不回来。在此之前，他先要把一件事处理完，才算毫无牵挂地上路。那就是好友吴指南。当初只是把他暂时安葬在洞庭湖边，由于时间仓促没有好好地为他建一座坟墓。李白又在江夏找了一块风景秀美的地方，为吴指南建了一座坟墓，把他安葬了。当然，在江夏这里，他的名气也非常响亮。之前与自己素有诗文往来，却未曾见面的僧人行融帮他处理了这一切。行融还为吴指南诵经超度。

在江夏，他与行融一起游走在山川之间，时常泛舟湖上。李白每到兴致大好的时候便会为身边的友人写诗一首。他在湖上写了一首诗送给僧人行融：

> 梁有汤惠休，常从鲍照游。
>
> 峨眉史怀一，独映陈公出。
>
> 卓绝二道人，结交凤与麟。
>
> 行融亦俊发，吾知有英骨。
>
> 海若不隐珠，骊龙吐明月。
>
> 大海乘虚舟，随波任安流。
>
> 赋诗旃檀阁，纵酒鹦鹉洲。
>
> 待我适东越，相携上白楼。

齐梁时有个汤惠休，常跟鲍照一起游玩。峨眉名僧史怀一，独与陈子昂相映生辉。两位佛教朋友都是卓绝高人，喜欢结交鲍照和陈子昂这样凤毛麟角的才子。行融僧你才识过人，我素来知道你有出众的品质与气概。大海虽然深，遮盖不了明珠的光芒，黑色的龙像吐明月一样把它贡献出来。大海波涛汹涌，虚舟随波逐流，安然航行。你在旃檀阁赋诗，在鹦鹉洲饮酒，是多么潇洒呀。下次我去东越的时候，我们携手上白楼畅饮赋诗吧。

虽然他在诗里写的是畅饮，其实僧人行融并不饮酒。李白一人独饮，难免觉得不够尽兴。僧人行融对李白说："说起畅饮赋诗，我倒是想起一个人。"

"哪位？"李白问。

"襄阳孟浩然。"

"孟浩然，听说过，他的诗清新自然。'春眠不觉晓，处处闻啼鸟。夜来风雨声，花落知多少。'"李白随口便吟出一首孟浩然的诗。

"孟浩然是性情中人，当年进京考试，与一些人赋诗作会。他的一句'微云淡河汉，疏雨滴梧桐'令人赞叹不已。当时的丞相张九龄和王维都去与他结交。郡守韩朝宗非常欣赏他的才华，经常向别人赞扬他。后来，那些人都想结识他，并准备向朝廷推荐。于是，人们约好了见面的日子。然而，到了那天，孟浩然正和一些朋友喝酒谈诗，谈到兴致正浓时，有人提醒他说：'你不是跟韩公约好了今天见面吗？还不动身，怕是要晚了。不大好吧？'他却不高兴地说：'我正在喝酒，兴致正浓，哪顾得上理别的事情！'韩朝宗听到后非常生气，再也没有引荐他。"

"哦，着实有些可惜呀。"李白叹道。

"可是，孟浩然并不后悔，索性到鹿门山隐居去了。"

"呀，这是一个能够果绝放下的人，境界岂是一般人能达到的?"李白内心暗暗佩服，已经下定决心要去结交孟浩然了。

李白按照指引，到达襄阳，再坐船去鹿门山。

孟浩然为什么选在这里隐居呢？原来这是一条非常好的旅游线路。孟浩然在诗里曾写道："我家南渡头，惯习野人舟。"从涧南园到鹿门山是近二十里的水程，而鹿门山到襄阳城是三十里的水程，往返非常便利。早在东汉时的习郁，就在这里修了鹿门庙，建了水池。习郁喜爱山水，而襄阳、涧南园、鹿门山就成了一条连接三个景点的游山玩水的旅游线路。从襄阳出发，泛舟汉水到鹿门山麓，在鹿门庙祭祀神灵，欣赏山林景色。下山登船，经过鱼梁洲到凤林山下，弃舟上岸就到了习家池，也可以沿着冠盖里骑马前来。孟浩然在这如画的山水间过着田园牧歌式的生活。

李白到达鹿门山麓时，天色已晚，经人指引到达孟浩然的居舍，却没见到人。据家人讲，孟浩然又去泛舟游玩了，什么时候回来不一定，有时候太晚了就不回来了。孟浩然的家人招待李白用了饭，安排他在客房住下。

李白独自走出屋门，望着西方山峦处的一抹晚霞，心想，孟浩然这隐居的生活确与自己有些相似，自己也曾隐于大匡

山。虽然还没见面，李白一下子觉得二人的性情是如此接近，
便提笔写了一首《赠孟浩然》：

> 吾爱孟夫子，风流天下闻。
> 红颜弃轩冕，白首卧松云。
> 醉月频中圣，迷花不事君。
> 高山安可仰，徒此揖清芬。

我非常敬重孟兄的庄重潇洒，他的风流倜傥闻名天下。少
年时鄙视功名，不爱冠冕车马，上了年纪归隐山林，摒弃尘
杂。月明星朗之夜常常饮酒，醉得非凡高雅。他不事君王却迷
恋花草，心胸豁达。高山一样的品格让人无法仰望，只能在这
里向他纯洁芳馨的品格拜揖。

子夜时分，孟浩然才回来，听家人说李白来了，也是欣喜
万分，直后悔没有早些回来，急忙去客房相见。见李白已经熟
睡，拿起案上的诗一看，不禁捋着胡须频频点头，并不是因为
李白对自己的赞美，而是惊喜于诗中透出的才情。

看了李白的诗，孟浩然睡意全无，提笔写了这一天的游玩
感受：

夜归鹿门歌

山寺鸣钟昼已昏，渔梁渡头争渡喧。

人随沙岸向江村，余亦乘舟归鹿门。

鹿门月照开烟树，忽到庞公栖隐处。

岩扉松径长寂寥，唯有幽人独来去。

黄昏时分，山寺里的钟声响起来，渔梁渡口，人们争着过河，喧闹不已。行人们沿着沙岸向江村走，我也乘着小船返回鹿门山。皎洁的月光照着鹿门山，山树一片朦胧。忽然，仿佛不知不觉到了庞公曾隐居的地方，也到了我的栖息之所。山岩、松林间的小路，这种幽静的地方，只有隐者独来独往，与这美妙的自然融为一体。

这里的庞公是指汉朝末期的隐士庞德公。他带着全家在鹿门山隐居。朝廷多次请他去做官，他都拒绝了，慢慢地，这里就成了隐居圣地。

李白醒来时，看到孟浩然的诗，更是赞赏不已。于是第二天二人便饮酒游览。孟浩然比李白大十二岁，这是一对忘年交。他们彼此欣赏，觉得心灵相通，都向往那种自由自在的闲云野鹤的生活。李白一心想建功立业，这也正像年轻时的孟浩然。

相谈几天，孟浩然决定将李白引荐给一个人，帮帮这位小朋友。

第十三章

安陆十年

孟浩然引荐的这个人是许圉师的儿子。许圉师进士出身，才华横溢。他曾经做过黄门侍郎、同中书门下三品，兼修国史。后来因为儿子许自牧打猎时不小心把人射死了，许圉师隐瞒了这件事，被人举报。于是，他被关入大牢。第二年三月，到虔州做刺史，后又贬到相州做刺史。这位许圉师除了帮儿子隐瞒罪责这件事，还算是个好官。他在相州时，曾经有个官吏贪了一些赃银，事情败露了。他考虑到官吏的前程，没有追究，只是写了一首《清白诗》劝他。那位官吏感到羞愧，就改掉了贪婪的毛病，从那以后变得廉洁起来。许圉师离开相州后，当地百姓感念他的恩泽，还立碑纪念他。后来，他升任户部尚书。死后，武后特意批准将他葬在恭陵。恭陵是武则天之子李弘的陵墓，能跟王子葬在一起，是多么大的荣耀呀。

许圉师的儿子自然享着他的荣耀受到国家的厚待。而孟浩然带李白来结识的正是居住在安陆的许圉师的儿子——许自正。

当然，李白是带着作品去的。许自正看后非常赞赏，便留李白和孟浩然在家住了几天，谈诗论道。他非常欣赏李白那向往自由的清高的个性，同时也觉得这个年轻人念念不忘成就一番事业，非常有上进心。

这天，正喝着酒，孟浩然微微有点醉意，忽然对许自正说："许兄家里不是有个女儿，正当出嫁之年，是否婚配？"

许自正摇摇头。

"这眼前不是正摆着一段大好姻缘，许兄如此喜欢太白，何不成就一对年轻人？"

许自正略略沉吟，望着李白。

李白之前见过两回许家的女儿许紫烟，生得小巧秀丽，也是满腹诗书。李白随即站起身施礼："如果许家人不嫌弃太白生性粗陋，家境低微……"

"哎——这几日我也观察着李公子，放眼我大唐上下，才华无几人能及，又胸怀壮志，行事坦荡，颇有豪侠之气。小女终身托付于你，老夫也就心安了。"

就这样，在许家的操办下，李白和许紫烟结成了夫妻。这一年，李白二十七岁。这时候李白的经济状况已经很差了。他经常一掷千金，家里各商铺都不愿意再支钱给他。加上近几年父亲也是一心求道，对生意也不太上心，家里的商铺有许多都给了别人了。李白已是囊中羞涩。许家就在不远的碧山桃花岩为他们买了块地，置办了房屋院舍。

桃花岩是一个小镇，房舍整齐，绿树环绕，镇子中间有一条小溪流过。春季，山上的桃花盛开，满山粉红，花瓣飘落在溪水上，缓缓流过。这里民风淳朴，人与人见面都笑着打招呼。听说李白是位大诗人，而许紫烟又是前朝宰相的孙女，大家都非常尊敬夫妻二人。每每家里宰鸭、烹鱼，或者酿了新酒都要送一些给李白品尝。

李白安居在这里，过着清淡而快乐的生活。

有一天，一个在朝中做官的人回到碧山下的家，听到乡亲们说起李白，风流潇洒，博览群书，挥笔成章，就命家人准备菜肴请李白来家里做客。李白来了之后，阁老一看，果然气质不同凡响。谈起诗书，李白都能对答如流，阁老更佩服了，忍不住发问："李学士，天下名山那么多，为何单单来了我们碧山呢？"

李白听后，不假思索地说："桃花流水窅然去，别有天地非人间。"

阁老一听，拊掌大赞，立刻命人取来笔墨纸砚，请李白写下来。

李白于是又补了两句，取诗名叫《山中问答》：

问余何意栖碧山，笑而不答心自闲。

桃花流水窅然去，别有天地非人间。

这首诗很快就传遍了安陆一带，并渐渐传开，而"别有天地"也成了一句流行的成语。

一转眼三年过去了。这天，孟浩然托人捎信来，说他要去广陵。李白也很想外出游历，可是家中已经有了一儿一女。两个孩子年纪小，留夫人自己照料，他放心不下，不好跟孟浩然一道去。李白就在黄鹤楼设了酒宴招待他，为他送行。喝完酒，他一直把孟浩然送到江边，看着他乘船远去，作了一首《黄鹤楼送孟浩然之广陵》：

故人西辞黄鹤楼，烟花三月下扬州。
孤帆远影碧空尽，唯见长江天际流。

友人在黄鹤楼向我挥手告别，在阳光明媚的三月，他要去扬州。他乘坐的船，帆影一点一点消失在碧空中，只看见滚滚长江在天边奔流。

一年一年过去，李白异常苦闷。生活靠丈人家帮助，那种寄人篱下的自卑感时常缠绕着他。这期间，他也跟着朋友们外出游历过几回，但都没有什么好的机遇。慢慢地，李白变得沉默寡言，时常独自饮酒，长吁短叹。夫人许紫烟知道他的心事，屡屡劝他："不要太着急，机会总会来的。"

　　在第七年，他无意中结识了荆州长史韩朝宗。韩朝宗是一位非常热心的人，发现了人才就极力推荐。他就是当年引荐孟浩然的那个人，而孟浩然却因为喝酒误了约定时间。李白结识了他之后，心中非常欢喜，觉得这次终于遇到自己的贵人了。于是，他兴冲冲地写了一封自荐信，叫作《与韩荆州书》。在信中，他把自己比喻成战国时的毛遂，说："三千宾中有毛遂，使白得脱颖而出，即其人焉。现在，天下以您的文章为恒量人才的标准，一经您的提点，便能成为佳士，被世人认可。请您能够给李白我一个机会，让我得以在您阶前这盈尺之间，激昂青云之志。倘若您有急需用到我的地方，尽管吩咐，我一定竭尽全力。"

　　可是，韩朝宗并没有推荐成功。因为，当韩朝宗与人提起李白时，他们一致反对重用李白，甚至有人还威胁安陆的地方官，要求把李白赶出安陆，不让他在那儿居住。这些人曾经受过李白的奚落，当然那是在李白喝醉酒的时候，口吐狂言，引起了他们的不满。

　　李白非常郁闷，独自从家中走出，一直往北到了餐霞楼，这里有他的好友元丹丘。元丹丘正在这里跟胡紫阳学道。胡紫阳是大名鼎鼎的司马承祯的弟子。元丹丘是李白非常要好的朋友，李白每每苦闷时就会来他这里寻求心理疏导。

　　早在二十几岁时，他们就认识了。那是李白在河南游历时的事。

有一年夏天，李白来到嵩山。当他来到逍遥谷时，看见一个人在雾浪中时隐时现。那人头戴麦秆编成的草帽，身上穿着布汗衫，手里拿着一个尖镢，像是在挖什么。

李白见他气度非凡，觉得不像是普通的书生，就上前施礼，问："公子在挖什么？"

那公子并不看李白，回答说："菖蒲。"

"采它有什么用呢？"李白又问。

"服之益寿延年。"那公子回答。

李白发现身边的崖缝中也长着几棵菖蒲，就弯腰去采。那植物高有一尺多，叶子是剑状，顶部开着绿色小花，散发着淡淡的香气。李白一边拔一边问："敢问公子贵姓？家住何处？"但没有回答。他扭头一看，那公子已经不见了。

李白只好自己下了山，暂时住在一个道院内。夜里，他跟道长讲起在山上遇见采菖蒲的公子之事，道长说："他叫元丹丘，原本是将门之后，学识渊博，中了举人，却不愿意做官，到这嵩山里游览，专门采集菖蒲。"

李白听了，肃然起敬，立刻就着油灯写了一首《嵩山采菖蒲者》：

> 神仙多古貌，双耳下垂肩。
>
> 嵩岳逢汉武，疑是九疑仙。
>
> 我来采菖蒲，服食可延年。

言终忽不见，灭影入云烟。

喻帝竟莫悟，终归茂陵田。

过了几天，李白来到嵩山道场寺，正赶上僧人们为杨山人饯行。李白又提起元丹丘。杨山人说："哦，是元公子，他经常来我这茅舍落脚。"

等杨山人走后，李白来到玉女峰下，见那里果然有一处清净的茅舍靠着陡崖而建，东有淙淙小溪，西有郁郁翠柏，背面山坡上绿草如茵，各种小花点缀其间。李白一眼就认出了那个尖锸，那天，元丹丘就是用它来刨菖蒲的。

李白拿起尖锸问："公子什么时候还能来呢？"

旁边的人回答："不一定，有时一两天来一次，有时隔十天八天来一次。"

于是，李白就在茅舍住下来，一等等了半个月，元丹丘终于来了。两人一见如故，结伴游历了中岳，三十六峰也全都登遍了，累了便饮酒、赋诗。分手的时候，李白写了一首《元丹丘歌》赠予他：

元丹丘，爱神仙，朝饮颍川之清流，暮还嵩岑之紫烟。三十六峰长周旋。

长周旋，蹑星虹，身骑飞龙耳生风，横河跨海与天通。我知尔游心无穷。

　　李白还是下不了决心彻底放弃成就一番功名的想法，他不能像元丹丘那样彻底离开俗世，在山里采药修道。他说："我不能因为一件事而放弃其他的事，其实，学道和出仕做官也没什么不可以兼得的。我出则可以和王侯们相交，隐遁的时候也可以跟得道高人们一起谈经论道。这两样都不舍弃有何不可?!"

　　在山里待了几天，李白心情好了些，就告辞下山。正值秋收季节，家里的几亩田地需要收割。李白暂时没有外出的打算，为了减少开支，就辞去了家里的仆人，自己耕种、打理。他脱掉长衫，穿上短衣，腰上扎紧腰带，换上粗布鞋，戴上斗笠，手里拿着镰刀，进地里割豆子，割完回来再用木棒敲打脱荚。然而，这样下来收成并没有多少，换不了多少钱。妻子也变得精打细算起来，整日计算着米粮。看着妻子日益粗糙的脸和儿女们瘦弱的身形，李白内心充满歉疚和自责。他想：还是得想办法求得别人引荐，外出谋个官职，才能让妻儿老小过上好日子呀。

　　于是，第二年春天，春播一结束，他就动身出发了。这次他直奔长安。

第十四章

~~~

送友人入蜀

在长安，李白也结识了一些王公大臣，可是，仍没有得到引荐。慢慢地，李白的盘缠都花完了，穷困潦倒，以至于一天只能吃一顿饭。该去向哪里，他也一片迷茫。有几个以前受过他接济的人来找他："太白兄，我们想入蜀去看看，能不能找到一些出路。"

"入蜀?"李白不由得想起了家乡。那里沃野千里，相对富足一些，可是，自己混得这么落魄，说什么也不能回去呀。

这一日几个穷途末路的人凑了点钱，在一个灰蒙蒙的小酒馆里要了几盘小菜、几杯老烧酒，话了别。

辛辣的烧酒入口，李白不禁回想起自己从前的日子，以及眼前的困境。他端着酒杯，眼里闪着泪花，作了一首《行路难》：

> 金樽清酒斗十千，玉盘珍羞直万钱。
> 停杯投箸不能食，拔剑四顾心茫然。
> 欲渡黄河冰塞川，将登太行雪满山。
> 闲来垂钓碧溪上，忽复乘舟梦日边。
> 行路难，行路难，多歧路，今安在？
> 长风破浪会有时，直挂云帆济沧海。

金杯里装的名贵的酒，每斗要价十千。玉盘中盛的是珍馐美味，也值一万钱。可是我胸中郁闷，放下杯子，停下筷子，吃不下。拔剑环顾四周，心里一片茫然。想要渡黄河，冰雪堵塞了这条大河；想要登太行山，那白茫茫的风雪已经把山封了。像吕尚那样在溪边垂钓，悠闲地等着东山再起。像伊尹那样做梦，乘着船经过日边。世上的路啊，多么艰难！眼前的歧路这么多，我该去向哪里呢？相信总会有一天，我能乘着长风冲破万里波浪，高高地挂起云帆，在沧海中勇往直前。

可以想象一下，几个落魄的人穿着皱皱巴巴的衣服，端着粗糙的瓷酒杯，里面盛的是浑浊的辣酒，而桌上是几盘寒酸的小菜。那种纠结的心情无法言说。而李白却把酒杯当成金杯，把廉价的酒说成美酒，粗茶淡饭说成美味佳肴，并在最后抒发了雄心壮志。他仍然相信自己总有一天会一鸣惊人、一飞冲天的。

这种尴尬的场景，李白说着温暖、激昂的话，以此来鼓励朋友，也鼓励自己。

"有了太白兄的这段话，我们也感觉有了力量，就入蜀去试试看吧。太白兄还是坚持不回家乡吗？"其中一位叫王炎的问。

李白摇摇头："其实蜀地也不是诸位想象中那么好。人们都说天府之国，沃野千里，但险峻的高峰也连绵千里。"说着，李白用一首《蜀道难》来为友人们讲述蜀地的状况：

噫吁嚱，危乎高哉！

蜀道之难难于上青天！

蚕丛及鱼凫，开国何茫然！

尔来四万八千岁，不与秦塞通人烟。

西当太白有鸟道，可以横绝峨眉巅。

地崩山摧壮士死，然后天梯石栈相钩连。

上有六龙回日之高标，下有冲波逆折之回川。

黄鹤之飞尚不得过，猿猱欲度愁攀援。

青泥何盘盘，百步九折萦岩峦。

扪参历井仰胁息，以手抚膺坐长叹。

问君西游何时还？畏途巉岩不可攀。

但见悲鸟号古木，雄飞雌从绕林间。

又闻子规啼夜月，愁空山。

蜀道之难难于上青天，使人听此凋朱颜！

连峰去天不盈尺，枯松倒挂倚绝壁。

飞湍瀑流争喧豗，砯崖转石万壑雷。

其险也如此，嗟尔远道之人，胡为乎来哉！

剑阁峥嵘而崔嵬，一夫当关，万夫莫开。

所守或匪亲，化为狼与豺。

朝避猛虎，夕避长蛇，

磨牙吮血，杀人如麻。

锦城虽云乐，不如早还家。

蜀道之难，难于上青天，侧身西望长咨嗟！

哎呀！太高啦！想攀登蜀道真是比登天还难呀！

蜀国有蚕丛和鱼凫两位君主，他们开国的时间很遥远，大概有四万八千年了吧。但是这么多年，却不曾与秦国有什么往来。往西去有太白山，山高险峻无路可行，只有鸟可以飞过去，直到蜀国的峨眉山巅。山崩地裂，蜀国五壮士被压死了，两地才有天梯栈道开始相通连。

在蜀中，上有日神六龙所驾之车不能逾越的高山，下有回旋倒流、波涛汹涌的河流。善于高飞的黄鹤想飞越而不敢飞，善攀援的猿猴想攀登而无法攀登，其山之险就可想而知了。青泥岭的泥路曲曲折折，百步九弯绕着山峦。行人梦至高山之顶，伸手可以摸得着天上的参星和井星，紧张得不敢大声喘气，只能坐下来抚着胸口长吁短叹。

老朋友啊，你西游打算几时回来？这蜀道上的陡峭山岩实在是难攀登呀。山野之中，只能看到古木中悲号的鸟，雄飞雌从地在林间飞旋。月夜里，还可以听到子规那凄凉的悲啼，在空山中传响回荡。攀越蜀道，真是比登天还难呀，使听到的人都发愁得老了许多。

离天不到一尺的险峻山峰，枯松倒挂的悬崖峭壁，飞流瀑布撞击着巨石在山谷中滚动，发出雷鸣般的轰响。这么危险的地方，你还非去不可吗？

更不用说那峥嵘的剑阁，一夫当关，万夫莫开。在这里把守关隘的人如果不是自己的亲信，那么就有可能据险作乱，成为像豺狼一样的匪徒。清晨你要躲避猛虎，傍晚要防范长蛇。豺狼虎豹磨牙吮血真叫人不安，毒蛇猛兽杀人如麻令你胆寒。

锦城那个地方，虽然是让人感到快乐的地方，但是，依我看，你还是快回家的好。攀越蜀道之难，比登天还难。我侧身西望，也只能发出长长的慨叹了。

李白把去蜀国的道路讲得这样难行、可怕，的确有些夸张，但他并不是真的写蜀国的道路，而是抒发自己心中的情绪，也是在讲世事艰难，在长安是这样，到了蜀国也一样。他无非是劝朋友王炎有个心理准备。

"太白兄，我现在对仕途做官毫无兴趣，只求能有几亩肥田，跟妻儿老小日出而作，日落而息，过上衣食无忧的生活就行了。我也不像你那样有求道之心，只想过一过平凡农夫的生活。"王炎还是决定去试一试，临走时他又说，"听说当今圣上的妹妹玉真公主一心修道，在终南山有别馆，太白兄可以去求见她。"

李白到了终南山脚下，被人引到玉真公主的别馆里。而那个时候，玉真公主并不在终南山，而是外出云游去了。这玉真公主也是从小修道，四处寻道，在全国各地都有修炼的别馆。李白一连等了大半个月也没有等到玉真公主，只好留下写给玉真公主的诗《玉真仙人词》走了。

回到长安，他晃晃悠悠到了紫极宫。这紫极宫是建在长安城的一所皇家道观，平时来这里的多是王公贵族和达官贵人。李白在道观大殿中坐定，听观中的真人讲了一会儿道。他站起身时，见有轿子落在大殿门外，有位长须飘飘的长者走下轿子。

"贺大人您慢点，小心脚下。"

李白听到轿夫这样称呼，一下子猜到来者正是贺知章。他早就听过贺知章的大名，万分钦佩他的品行与才华，便上前去深深施礼："在下李白，今天不想竟然在这里得见贺大人，真是三生有幸呀！"

"李白？"贺知章想了想，"似乎听人提起过你的名字。"

李白于是从袖中取出诗本递上去。

贺知章接过来，看了一会儿，当看到《蜀道难》和《乌栖曲》时大为惊异："你莫不是太白金星下凡到人间了吗？写出如此奇丽出尘的诗？"说着，拉着李白的衣袖，"来来，跟我一道听真人讲道，之后去我住处，咱们好好畅谈。能写出此等飘逸诗歌的人，不是谪仙人又是谁呢?"

"您过奖了。"李白倒是觉得不好意思了，赞美之词听得太多了，但被赞为仙人还是头一遭。如果真是这样，已经成为仙人，还用得着四处奔波，苦苦求道吗?

"走吧走吧，咱们找个地方好好聊一聊。"说着，贺知章拉着李白的手出了紫极宫，来到一家酒馆。

两人找了一个靠墙角的桌子坐下，贺知章一摸袖口才发现没带钱。他呵呵一笑，拿下腰带上的金龟佩饰，递给掌柜："先把这个押给你，只管给我们上好酒来。"

掌柜一看，认得这是标志官职身份的佩饰呀，哪敢怠慢，立刻端酒端菜。二人开怀畅饮，边喝边聊。

这次结识贺知章纯属意外，李白并没像以往那样为了征得推荐才有意去结识。当他在大殿里听到来人是贺知章时，只想着快点把诗文给他看，请他评点。贺知章比李白大四十多岁，在唐朝享有盛名，与张旭、包融、张若虚以诗文齐名，世称"吴中四士"。而且他为人谦和、友善，诗文以清新、通俗、易懂见长。比如他那有名的《咏柳》：碧玉妆成一树高，万条垂下绿丝绦。不知细叶谁裁出，二月春风似剪刀。

所以，当他看到李白那雄浑的突破想象的豪放诗词时，顿觉眼前一亮，连连称李白为谪仙人，称他的诗可以泣鬼神。

当贺知章得知李白境况困窘时，就邀请李白住到自己家里，好方便时谈论文章。

第十五章

献《大猎赋》　失望而归

　　贺知章年纪大了，并不是每天上朝，有大把的时间与李白喝酒谈诗。可是，李白的内心却焦急如焚。刚开始，他也是欣喜若狂，遇到贺知章这样博学的老前辈，对自己的诗文有不小的启发。二人越谈越投缘，越发互相欣赏。贺知章敬佩李白诗文的飘逸与大气，李白喜欢贺知章的清新自然，正如他的为人：随和、包容、淡然。

　　不知不觉间，一年快要过去了。腊月将近，这天一早，贺知章穿上官袍，对李白说："我今天上朝，向圣上举荐你。"

　　李白急忙道谢，但又很是担忧，因为来长安这些日子，他也听到许多传闻。人们说当今皇上特别宠信太监高力士，而这高力士极其贪婪，如果谁不给他金钱财宝等好处，他就会从中使坏，尤其是对有才华的文人们。

　　"不要担心，当今圣上也颇喜欢诗文，是个极重人才的明君。"贺知章安慰他说，"谪仙静等我的好消息吧。"

贺知章满怀信心地去上朝，把李白的《乌栖曲》递上去，唐玄宗看完也是大加赞赏。

"明日召这李白上朝来，我亲自与他谈谈诗文。"唐玄宗说。

贺知章刚要回话，高力士凑过来，说："圣上，您有所不知，这李白在川蜀一带名声极差，虽然才华横溢，但为人狂放不羁，经常讥讽朝政，诋毁官员，早在蜀地就惹得众人不满了。"

"啊？会是这样？现在有许多文人才子就是存在这样的缺点，才华满身，却疏忽了对品德的修养。这样的人还不如庸庸碌碌的白丁。"唐玄宗最信高力士的话，"贺侍郎，你且回去叮嘱李白好生修身养性，将我注解的《道德经》拿去与他研习吧。"

贺知章无奈地摇摇头。生性随意的他懒得与高力士这样的小人争执，只好接过唐玄宗注解的《道德经》下朝了。

当然，他不能把高力士的话原样转给李白。他知道，依李白的性格，恐怕要提起剑冲进皇宫把高力士一剑杀了，或李白被皇宫卫士擒住，就地诛杀。这样，皇上就更对高力士的话深信不疑了。

"圣上对你的文采非常赞赏，还特意赐他亲手注释的《道德经》作为奖励。现今朝中暂无空职，请谪仙稍等时日。"贺知章这样委婉地对李白说。

受过无数挫折的李白一听，就知道是举荐失败了。他的内心非常沮丧，拱手说："贺侍郎不必安慰我，在这里打扰您将近一年，李白要告辞了。我前几日接到友人元演的信，邀我一块西游，我也正有此意。"

贺知章十分愧疚，但知道李白说走就走的性格，又因自己没有举荐成功而懊恼，也不好再留："也好，谪仙自有志向。依仙人的才华，机会总会来的。我会留意的，朝中一有空缺，即为仙人争取。"

就这样，李白离开贺知章家，继续西游。

到第二年七月，李白与元演越过太行山到达太原。太原已经现出早秋的景色，叶子微微转黄，微风中带着凉意。秋色伤情，李白不由得想起了家中的妻子儿女，站在河堤边，望着清冷的河水，吟诵道：

> 岁落众芳歇，时当大火流。
>
> 霜威出塞早，云色渡河秋。
>
> 梦绕边城月，心飞故国楼。
>
> 思归若汾水，无日不悠悠。

这首诗的名字叫《太原早秋》。诗中写道：岁月流逝，美丽的花都凋谢了。在这大火星（也就是太阳）向西移动的时候，炎热的夏暑也跟着消退。这个时候，塞外已经下霜了，黄河以北已经呈现出了秋天的景象。看到这边城的月亮，我梦想着回到安陆的家。思念家乡之心，就像这长长的汾水一样没有尽头，没有一天不沉浸在思念之愁里。

李白写完这首诗，就决定跟朋友道别，回家去了。

"太白兄，我听说圣上近日要来游猎。"

没等他去告别，元演倒是先来找他了，并传递了这么一个消息。

"哦？可是有什么用呢？当初贺前辈在殿上举荐也没有成功……"李白犹豫着。

"反正遇上了，太白兄就亲自试一试吧，带上您的好文章。"元演劝道。

李白一想，试一试有何不可，上次贺知章带给圣上的是诗词，不如这次直接写一篇关于国家治理的文章。于是，他连夜挥笔写了一篇谈论治国之道的《大猎赋》，赶到唐玄宗狩猎的猎场，等候敬献。

先不说唐玄宗看了这篇文赋之后，有没有接纳李白。李白在这篇赋里写了些什么呢？无非是上书的那个套路，先是纵横古今，再赞美一下当前盛世，最后提出自己的宏伟志向、远大目标，或者对于治理国家的建议。古代文人大多喜欢谏言当朝皇上如何施政，遇到昏庸享乐、在国家治理上没什么大能力的不免要劝勉或者讽刺敲打几句。这样的语言就很难拿捏了，因为你弄不清皇上是不是喜欢听别人提意见，并不是每个皇帝都胸怀宽广到愿意被臣民们教训的。更有的皇帝为了敷衍众臣，往往做出很谦虚纳谏的样子，任由大臣们提意见，背过脸去却恨不得拔胡子踢人，或者干脆让臣民们提一大堆意见，奏折堆成多米诺骨牌，却从不瞟一眼。年纪轻轻的李白哪懂这些天子的复杂心思呀，洋洋洒洒地写了这篇《大猎赋》。

李白在这篇赋的序中写道：

白以为：赋者，古诗之流。辞欲壮丽，义归博远。不然，何以光赞盛美，感天动神？而相如子云竞夸辞赋，历代以为文雄，莫敢诋讦。臣谓语其略，窃或褊其用心。《子虚》所言，楚国不过千里，梦泽居其太半，而齐徒吞若八九，三农及禽兽无息肩之地，非诸侯禁淫述职之义也。

《上林》云：左苍梧，右西极。考其实，地周袤才经数百。《长杨》夸胡设网，为周陆，放麋鹿基中，以博攫充乐。《羽猎》于灵台之囿，围经百里而开殿门。当时以为穷壮极丽，迄今观之，何龌龊之甚也！但王者以四海为家，万姓为子，则天下之山林禽兽，岂与众庶异之？

而臣以为不能以大道匡君，示物周博，平文论苑之小，窃为微臣之不取也。今圣朝园池遐荒，殚穷六合，以孟冬十月大猎于秦，亦将曜威讲武，扫天荡野，岂淫荒侈靡，非三驱之意耶？

我认为：赋同古诗一样，文辞要壮丽，意义要幽远。不然，凭什么去赞颂那盛大之美，打动天地诸神呢？而司马相如与扬雄均极其推崇辞赋，历代被称作文雄，我不敢作任何评价及攻击。我倒是觉得他们的文赋里避实就虚，含着狭隘之心。《子虚》里写道：楚国不过千里，小小梦泽就占据一大半，而齐国就是吞下八九个也不在话下，会令三农及禽兽没有栖息之地，这并不是诸侯们在讲述为君为臣之道时的本义。

《上林》里说：左仓梧，右西极。考究真实，地域不过数百里。《长杨》中夸赞胡人设网，围猎前先设围阵放麋鹿在其中，以获得捕获之乐。《羽猎》则写灵台四周，围百里而开殿门，当时认为是极端壮丽了，但到现在看来，不是让人觉得非常龌龊吗？王者，应该以四海为家，万姓为子民，那么这天下的山林鸟兽，又与众人有什么两样呢？

臣以为，如果不能用大道来匡扶君主，以渊博的知识呈上，只用平庸的文风去谈论囿苑，这种小格局，我私下觉得是绝不可取的。当今是圣朝，园池邈远，穷尽六合，初冬十月来秦大猎，肯定也会弘扬武治，这怎么算荒淫奢侈，而不是三驱（三驱，狩猎时从三面驱赶禽兽，让开一面，使部分禽兽得以逃脱，以示好生之德。）之意呢？

接下来的几段，李白也是用飞扬的文笔书写了祖国山河的壮丽，国家的强大，天子的威严，百物的繁盛。当然一番赞美只是伏笔，目的在于劝谏皇帝要珍爱大好社稷，治理好国家，不要整天沉迷于酒色享乐，不要整天让高力士那样的宦官哄得晕头转向。在后面的几段，他讲为君之道：君王应该迅速改变现在的享乐状态，严肃起来，安逸中能思虑危机，预防危险，戒掉贪逸。像这样纵情狂乐，不是治国之术呀……

在这后面的几段里，他完全是在告诫唐玄宗，为君者应该如何做。如果不那么说会如何。想一想，毫无功名，毫无背景靠山的李白，而且当时还被称为异族人的李白在这指指点点教皇上如何当皇上，他能高兴吗？

唐玄宗看完之后，觉得心里不大痛快，之前高力士就对他说李白狂放自大。唐玄宗也不是诚心纳谏的李世民，听到逆耳的敲打，内心颇是不舒服，就把这篇《大猎赋》丢在一边，骑着马奔进山林打猎去了。

李白在山下一直等着召见，连着三天过去了，却没有动静。直到看着唐玄宗的打猎队伍满载而归，浩浩荡荡拔营回长安去，他也只好失望地回家了。

第十六章

大鹏矢志　志作鲁仲连

当他回到家时，儿子伯禽和女儿平阳蔫头耷脑地坐在院子里，一见他回来，立刻跑过来："父亲，父亲，您可回来了。"

"怎么了？你们的衣服怎么这么脏？母亲呢？"李白问。

两个孩子拉着他进到屋里。只见妻子许紫烟躺在床上，脸颊绯红，气息奄奄。

李白大惊，立刻凑过去。妻子却朝他摆手："不要靠近我，会传染的。快，把孩子们带出去！"

李白不理她的话，凑过去，看见妻子脸上、脖子上、手腕上全是红斑。她得了罕见的热病，而且这种病会传染。

"我去找医生。"李白转身就往外走。两个孩子也跟随其后。可是，当他找到镇上的医生时，医生摇摇头："李夫人的病老朽已经看过了，无能为力。您和孩子尽可能与她隔离吧，很容易传染的。"

李白不信，日夜守候在许紫烟身边，只能看着她一点一点地瘦下去，直到闭上眼睛。

安葬了妻子，李白把田地全部卖掉，带着钱继续游历，当然这回是带着一对儿女。他应文友之邀到了山东任城，也就是现在的济宁。李白在这里用仅有的钱买了房子和几亩地。李白带着儿女耕种，可是，儿女年纪幼小，他也常年在外，不擅长种地。

五月的山东已经很热了。

"父亲，菜上生了些虫子。"伯禽望着菜叶上的虫子，忧心忡忡。被虫子咬了的菜自己吃还可以，但是卖不出去了。伯禽把虫子一只一只地捏下来踩死。平阳就吓得不敢碰，从家里担来水罐，坐在地边树荫下扇着风。

李白也比较发愁，他原指望种些菜卖点钱换酒喝呢，有很长时间没沾酒啦。中间歇息的时候，他来到汶水河边洗了洗脸，顿时觉得清凉了一些。稍坐了一会儿，李白又来了兴致，拿起剑舞了一会儿。

汶水边上是一片桑树地。有位老翁正在那儿采桑叶，这里有许多人家都靠养蚕织布为生。老翁看着李白舞剑不住地摇头："你这人，把菜种成这样，一对儿女如何度日？还有心情舞剑吟诗？要不就去考取个功名，也好让儿女过一过好日子。"

李白停下剑，怔了一会儿，若是以往肯定会有人拍手大赞："好剑术！好诗！"没想到现在会被一个满脸黝黑，身穿粗布衣服的农人嘲笑，心中不大痛快，随口吟道：

> 五月梅始黄，蚕凋桑柘空。
>
> 鲁人重织作，机杼鸣帘栊。
>
> 顾余不及仕，学剑来山东。
>
> 举鞭访前途，获笑汶上翁。
>
> 下愚忽壮士，未足论穷通。
>
> 我以一箭书，能取聊城功。
>
> 终然不受赏，羞与时人同。
>
> 西归去直道，落日昏阴虹。
>
> 此去尔勿言，甘心为转蓬。

五月，梅子开始发黄，蚕事也结束了，桑柘被采空了。鲁地人重视纺织，家家窗里都传出机杼声。因为我不能考取功名，走仕途，为了学习剑术来到山东。当我向人打听路的时候，却遭到汶上老翁的嘲笑。下层愚蠢的人轻视有为的壮士，怎么能以此判断人的穷困与前途呢？我能像鲁仲连那样绑信在箭上，获得攻下聊城的大功。最终不肯接受君主的封赏，只因为羞于与世俗人相同。我将要踏上大道向西奔往长安，哪怕落日被阴虹遮掩得一片昏蒙。我这一去用不着你向我多说什么，我心甘情愿像飘转的飞蓬那样到处飘荡。

那老翁听不太懂李白的诗，但是觉得他有要走的意思。老翁不禁怔了一会儿，建议道："你一对儿女幼小，何不找个女人来帮忙照料？"

"我也有这样的想法。"其实，李白早就想给两个孩子再找一个母亲了。他一门心思练剑学道，哪里会照顾孩子呢？

老翁一听倒是很热情，没过两天，就帮李白介绍了一个刘姓的女子。这位女子是当地人，相貌中等，为人比较随和，之前有个丈夫，病逝了。她自己平时靠养蚕织布生活，是一个善良的普通农家女。在老翁的帮助下，他们结成了夫妻。刘氏对伯禽和平阳很好，照顾他们衣食，还把他们送到村里的私塾读书。刘氏非常崇拜李白，她想：父亲这么有才华，是有名的诗人，儿女怎么能不读书呢？她辛苦地撑起家，打理菜地，采桑织布。

一年之后，刘氏也生了一个儿子。李白现在已经有了三个孩子。他一心想着外出寻道修炼，又想再出去碰碰运气，看能不能遇到贵人举荐自己，谋个官职，好让妻子儿女过上好日子。

于是，他把家交给刘氏，再次外出游历。这次他接到几个好友的邀约，先是在山东境内游历。在一片竹林里的溪水边，有几间茅草屋，他跟孔巢父、裴政、张叔明、陶沔、韩准等经常在那里聚会。他们聚在那里交流文章，写了不少非常好的诗。这六人很快就在山东有了很大的名气，号称"竹溪六逸"。

一天，孔巢父说："听说李北海来泰山了，要住一段时间，咱们何不去拜会?

李北海即李邕,曾经做过北海太守,所以人们都叫他李北海。李邕在诗文、书法方面都非常有成就。他少年成名,任过左拾遗、户部员外郎、括州刺史、北海太守等职。他善诗文,尤以书法见长。人们常常请他去撰文写碑颂。他前前后后曾为人写了八百多篇碑颂。人们用金银财帛回报他,但他生性侠义,常常把一些财物捐给孤苦的人,因此,非常受人敬重。

李白一听,当然不能错过,他们立刻动身前往泰山,去拜见李邕。

那李邕面庞清瘦,眉须明朗,六十多岁,比李白大二十多岁。李邕也早就听说了"竹溪六逸",见到之后自然异常开心。他热情地宴请六人,美酒佳肴招待。他跟六人作诗答对,好不热闹,当然也谈到了理想。李白毫无保留地把自己的想法说了出来。他要学鲁仲连,纠正朝廷的错误政策,替百姓上表陈述,甘愿为百姓出头争取利益,建功立业后功成身退。

李邕却摇摇头:"贤弟太过直率,如此贬低朝廷政策及一些官员,很容易得罪人,这样对前途发展极为不利呀。你还年轻,而且未曾入仕,最好不要给人狂妄自大的印象,为人还是低调些为好。更何况你所说的霸王之道,并不适合现在的情况,现在是太平盛世,百姓安乐,四海富足。年轻人不应该急功近利。"

李白原以为他会大加赞赏自己的宏图远志,没想到会得到这样的劝告。李白借着酒劲，不免有些愤愤不平，作了一首诗回复李邕：

> 大鹏一日同风起，扶摇直上九万里。
> 假令风歇时下来，犹能簸却沧溟水。
> 世人见我恒殊调，闻余大言皆冷笑。
> 宣父犹能畏后生，丈夫未可轻年少。

这首诗叫作《上李邕》，意思是说：大鹏鸟哪一天借着风势腾空飞起，扶摇直上那九万里之高。如果在风歇时停下来，他的力量也能将海水簸干。世人见到我好发奇谈怪论，听了我的话总是冷笑不已，他们不懂大鹏的能力和远大志向。孔圣人还说后生可畏呢，大丈夫又怎么能太看不起年轻人呢？！

写完这首诗，李白起身离去。裴政等人追上来劝他："太白兄，不可过直，北海大人也是一心为我们年轻人好，毕竟他在朝廷为官多年，见到的事多些，人生经验也多。我们觉得对的只管听，不对的就当没听见好了。"

李白甩甩袖子："太白生性直率，有一说一，不会拐弯抹角，我倒是觉得他骨子里非常看不起我们年轻人呀。"

孔巢父说："我觉得他不是这意思，李北海也因为生性耿直常常被高力士等人挤兑。我想他说的都是真心之言。说实在的，我也觉得太白兄的想法不太现实。现在社会很太平，以霸王之道治国，恐怕会引起百姓不满呀。"

"哼，这一片歌舞盛世难道是真实的吗？皇亲国戚们整天花天酒地，过着奢侈的生活，可是百姓贫困无依者也不少呀。再不严格约束皇亲贵族，社会风气就被他们败坏了。"

朋友们见他这么固执，也不再说什么，各自道别回去了。

李白极其郁闷，回到家，再次挥笔写了一首《别鲁颂》，收拾家当，离开山东，南下去江苏、安徽一带游历去了。

> 谁道泰山高，下却鲁连节。
>
> 谁云秦军众，摧却鲁连舌。
>
> 独立天地间，清风洒兰雪。
>
> 夫子还倜傥，攻文继前烈。
>
> 错落石上松，无为秋霜折。
>
> 赠言镂宝刀，千岁庶不灭。

鲁仲连也是山东人，战国时期，他游走到赵国，正赶上秦军击败赵国，又围了赵国的国都邯郸。魏国的大将新垣衍令赵国尊秦王为帝，将赵国并到秦国。鲁仲连出面，去说服新垣衍，摆明利害：如果赵国被秦国吞并了，那么邻近的魏国也不能幸免，下一步秦国肯定也会吞并魏国的。如果魏国和赵国联起手来共同对抗秦国，就可以彼此都保住。新垣衍听了他的建议，与赵国合力抗秦，果然把秦军击退了。这件事之后，平原君想把鲁仲连招来封官，他拒绝了。平原君赏给他金钱，他也没接受，而是飘然离去。

　　李白最推崇这种能在国家危难之时、百姓危急之际，力挽狂澜却不贪图名利的高风亮节。李白活到四十多岁，辗转各地，四处漫游，想办法出仕做官，也正是希望有这样一个实现人生价值的机会。

第十七章

离家进京做翰林

就在这时，一道圣旨降到任城李白的家里。此时，他们全家正在安徽南陵。

其实，就在李白郁郁不乐时，在唐玄宗面前，除了贺知章，还有两个人一直找机会想推荐李白。

有一个叫吴筠的道人，曾经跟李白在一起谈诗论道，二人特别投缘，吴筠也觉得像李白这样的人才不为朝廷所用，是朝廷的损失。无意间，他被皇上召进宫去讲道。因为唐玄宗也信奉道教，对吴筠的见解和主张非常赞同，并把自己的妹妹玉真公主叫来一块听道。

谈论快结束时，吴筠对皇上说："圣上，我本是一名出家之人，不问政事，只知道谈养生之道。其实，在民间，有位奇人，有谪仙人之称，他除了对道教的领悟超出常人，济世治国的才华和诗文神采均属旷世罕见呀。"

"啊？我大唐还有这等奇人？是哪位？"唐玄宗来了兴致。

"蜀地李白，李太白。"

"李太白，这名字似乎听过。哦，之前贺知章曾推荐过他，诗文果然写得瑰丽离奇，不过听说这人品行不佳。"唐玄宗说。

此时，玉真公主在一旁插话说："此人心胸坦荡，为人率真，曾经为了救济落魄书生散尽金钱三十万，以至于自己穷困潦倒。他平时为人侠义，诗文千古罕见呀。李白风度翩翩，谈吐不凡，实为国家之不可多得的人才呀！"

"啊，连妹妹你也这样称赞的人，我倒是好奇了，快把他召进京来，让我见一见。"于是，唐玄宗命人拟了圣旨，送往李白故乡。

这一年，李白已经四十二岁了，胡须垂至胸前，眼角现出沧桑的鱼尾纹，耳边偶见一根白发。接到圣旨，他感慨万千，不禁热泪涌出，弄湿了衣襟。不过还好，大丈夫建功立业不在早晚，正如他在诗里写的，大鹏一日同风起。现在，他这只大鹏展翅凌空的机会来了，等待四十年的"风"就要把这只大鹏推向青天，一展凌云壮志了。

李白抹掉泪花，立刻提笔写诗与妻儿道别。他先是给儿女写了一首《南陵别儿童入京》：

> 白酒新熟山中归，黄鸡啄黍秋正肥。
>
> 呼童烹鸡酌白酒，儿女嬉笑牵人衣。

高歌取醉欲自慰，起舞落日争光辉。

游说万乘苦不早，著鞭跨马涉远道。

会稽愚妇轻买臣，余亦辞家西入秦。

仰天大笑出门去，我辈岂是蓬蒿人！

从山中回来的时候，白酒刚刚酿熟。黄鸡在院子里啄食着谷粒，长得正肥。我立刻喊来孩子给炖上黄鸡斟上白酒，孩子们嬉闹着牵扯我的布衣。天空晴朗，我高歌而醉，来自我安慰。醉而起舞，与秋天的太阳争夺光辉。朝堂上面见君王，劝说他实施我理想中的政策的时候终于到了，要赶早去。我快马加鞭奋起直追开始了遥远的征程。会稽的愚妇看不起贫穷的朱买臣，如今我也辞家而西入秦。仰面朝天大笑着走出门，我怎么是那长期身处草野中的人呢？

李白接到圣旨那一刻，觉得一展远大抱负的机会终于到了。他立志要像管仲、晏婴这些历史的能臣那样，帮助帝王治理国家，使国家强大。

之后，他又给妻子刘氏一连写了三首《别内赴征》，其中一首是这样说的：

王命三征去未还，明朝离别出吴关。

白玉高楼看不见，相思须上望夫山。

他在诗里跟夫人开着玩笑，说永王前两次征我去做幕僚，我都没去，这次终于要走了，明天一早我就要离开吴关。你在白玉的高楼上再也看不见我了，要是想念我的话，就要登上高高的望夫山。

可见他是多么开心呀！

贺知章听说李白要进京了，也是万分高兴，一连几天都连着上朝。他是多么爱惜李白的才华呀。这天，见侍卫把李白到达宫外的消息送达，他眉开眼笑。唐玄宗就更加好奇了，竟然走下龙椅，亲自迎到宫外。他见李白果然气宇不凡，上前拉住李白的手："你一个普通老百姓，大名竟然响遍全国，都传到宫里我的龙庭上来了。如果不是平素道德高尚，怎么会被这么多人称赞呢？我大唐有你这样德才兼备的才子实乃大幸事呀。"不仅如此，唐玄宗还命人在后堂摆好饭菜，招待李白吃了一顿御宴，席上亲自为他递过羹碗，以试凉热。

李白得到如此赞赏，之前的委屈一扫而去。李白踌躇满志，心想，有这样赏识自己的圣上，大展宏图的时候到了。

他被安排在翰林院，负责草拟文书，陪侍在皇帝身边。其实翰林院有许多人才，有的还是会占卜术的人间奇人。他们等着皇帝随时召唤，有时候皇帝忽然想找人下棋了，有时想找人占一卦了，有时候需要僧人做个法事什么的……李白在这里也只是个普通文职人员，只不过因为诗才超群，能经常得到皇帝的召见。

但是，唐玄宗召见他并不是向他问询治国之道，或者有什么奏章需要商议。此时的唐玄宗，被貌美如花的杨贵妃迷得神魂颠倒，把国事都交给了杨贵妃的哥哥杨国忠和宦官高力士打理。有时候，他召见李白，无非是让李白即兴作诗以助酒兴和玩兴。

这天，唐玄宗和杨贵妃到沉香亭赏牡丹。歌手李龟年领着一班子弟在一边奏乐唱歌。唐玄宗对李龟年说：“赏着这么贵气的花，面对着娇艳的贵妃，你们怎么能唱旧词呢？快召李白来写首新词吧。”

李龟年急忙去长安大街上有名的酒楼去找，大约长安城里的人都知道李白好酒，而且都知道他常去的酒楼。他的诗文和酒名同样名冠长安。

李白果然和几个好友正在那儿畅饮，已经喝得酩酊大醉了。李龟年向他传达圣旨，李白醉眼迷离地半理不睬。李龟年可害怕抗旨，叫随从把李白扶到马上。到了宫前，李龟年再命几个人扶着他，推到唐玄宗面前。唐玄宗见李白醉成那样，急忙叫侍臣把他搀到玉床上休息，叫人拿来醒酒汤给他灌下去。杨贵妃又叫人用冷水给他喷在脸上。李白这才稍稍清醒了些。唐玄宗叫他快快作诗。

李白微微一笑，拿起笔来，一会儿工夫就写了三首《清平调》：

一

云想衣裳花想容，春风拂槛露华浓。

若非群玉山头见，会向瑶台月下逢。

二

一枝红艳露凝香，云雨巫山枉断肠。

借问汉宫谁得似？可怜飞燕倚新妆。

三

名花倾国两相欢，长得君王带笑看。

解释春风无限恨，沉香亭北倚阑干。

这三首诗都是赞美杨贵妃的美貌的。第一首，看见飘逸的云就想起了贵妃的霓裳羽衣，看见牡丹就想起了贵妃的玉容。牡丹花在晶莹的露水中显得格外娇艳，使花和人更显精神了。贵妃就像住在瑶台的仙人一样。

第二首写楚襄王当年为梦中神女想断肠，又怎么能比得上眼前的绝代佳人呢？汉武帝的皇后赵飞燕，倚仗着化了妆，哪里比得上贵妃的容貌呢？贵妃不需要脂粉，全是天然绝色。这样压低神女和赵飞燕来抬高杨贵妃。

第三首说唐玄宗和贵妃融为一体，说他们在一起是何等快乐与幸福。

唐玄宗非常满意，立刻让李龟年谱曲，快点传唱。

可是，李白却越来越觉得自己像个小丑，原本以为到长安来可以一展抱负，没想自己竟是来陪酒助乐的，写那些恶心的词句博得主人一乐。原本他就看不惯皇帝整天与贵妃沉溺享乐，不理朝政。现在，他却要违心地奉承他们这样纵情误国，立刻觉得自己也是那么卑微、可耻，不免回到家又是一阵狂喝。他整天醉乎乎的，喝完就睡觉，省得清醒时总想这些烦心事。

有时候，走在长安街上，他看到杨贵妃娘家的那些人在街上飞扬跋扈的样子，便恨得要吐血。

这天，李白又约了几个文友去酒楼了，正喝着，忽然见贺知章家的仆人来了。

"李学士，贺大人找您快回去，一块儿上朝。"

此时，李白已喝得大醉了。到了朝堂上时，他的靴子也掉了，帽子也歪了，一身酒气。但是，唐玄宗内心也知道，贺知章说李白行，他肯定是行的。

第十八章

≈

天子呼来不上船

原来，渤海国的使臣送来一封信，但是是用他们的文字写的，满朝文武没一个人认识。唐玄宗大为恼火，觉得在外国使臣面前非常没面子，堂堂大唐，竟然连个懂外语的人也没有。于是，限这些大臣三天之内认出来，否则全都罢官。

这些官员们可吓坏了，全都聚到贺知章身边："您博学多才，见多识广，快想个对策吧？"

贺知章微微一笑："我也不认识，不过我知道有个人认识。"

"哎，你就别卖关子了，快说是谁？这眼瞅着就要丢官回老家啦。"官员们说。

"找他也不难，不过你们要答应我一件事，等他来了，在朝堂上提什么要求，你们都不要阻止，只当没听见也没看见就好了。"

官员们满口答应。

李白到了朝堂上一看，是渤海文。他自小跟着父亲学过碎叶语，又跟着父亲到过许多国家，会多种外国语言。这封信的意思是要求唐朝割几座城池给渤海国，否则就起兵开战。按理说，在唐玄宗之前，唐朝是很强大的。可是，唐玄宗这些年整天陪着贵妃玩乐，不理朝政，恐怕现在长安城里有多少守兵他都弄不清。他一听可害怕了，问朝臣们有什么好主意。朝臣们一个个垂头丧气，默默不语。

"这倒是好办，只要写一封信给使臣带回去就行了，不过……"李白欲言又止。

"不过什么，如果你能化干戈为玉帛，朕什么都可以答应。"唐玄宗立刻说。

"摆好纸笔，高力士，请你帮我把靴子穿上吧。"

高力士气得鼻子要歪，但是唐玄宗命令道："去！给他穿上！"

然后，李白一指杨国忠，也就是杨贵妃的哥哥，堂堂国舅："你，给我把帽子戴好。"

杨国忠比较识时务，不等唐玄宗发话，就上前去帮李白整理帽子了。

"贵妃娘娘，请帮我磨墨，有了您这玉手磨的墨，我才能想出退敌之策呀。"

唐玄宗很意外，也很生气，但没办法，现在这个恶心他的人是救命稻草，满朝上下唯一可以指望的人。他笑着对杨贵妃说："就辛苦爱妃了。"

杨贵妃倒是没有什么不快，爽快地答应了："这有什么，能帮国家摆脱危难，磨墨有何难，就是粉身碎骨，我也心甘情愿。"说完漂亮话，她就去磨墨了。

于是，李白挥笔用渤海文写了诏书，言词中尽显大唐威风，让渤海国使臣一看，立刻谦恭地俯首认错了。临走，使臣向贺知章打听起草诏书的人是谁，贺知章回答："李学士乃天上谪仙，偶尔降临人间，谁人能比！"

使臣一听，大为吃惊，觉得唐朝有仙人相助，再也不敢轻易提战争的事了。

高力士和杨国忠等人在外国使臣面前受到这种羞辱，简直要气死了，整天咬着后槽牙找机会报复。可是，他们文采不如李白，口舌上占不了便宜，只好想别的办法。啥办法？在皇上面前说李白的坏话呗。

"圣上，这李白整天在长安街酒肆里喝得酩酊大醉，口出狂言，身为翰林，实在是有辱斯文，也给皇上丢脸呀。"高力士弓着腰，凑到唐玄宗耳边说。

"圣上，我也听到民间许多关于李白不好的传闻，整天醉酒闹事，四处乱题诗。像这样的放浪形骸之徒，不珍惜圣上的恩宠，不好好约束自己的行为，身为翰林，不注意形象，就是破坏皇家的形象。如此下去，天下读书人都效仿，岂不是要世风大坏啦！"杨贵妃也添油加醋。

　　唐玄宗听了一皱眉，想要发作，但想想李白的文采曾给他带来那么多快乐，作了那么多赞美自己和贵妃的诗，又忍住了。他见杨贵妃闷闷不乐，就说："算了，不要跟他计较，他只是喝酒掌握不好分寸，胡说几句醉话，不要放在心上，朕陪你去坐游船吧。"

　　杨贵妃一听也只好先放下话题，跟皇上一道带着高力士和几个宫女去坐游船了。

　　皇家的船自然是华丽异常，船头有龙头，搭着彩色伞，左右各有八名水手，穿着皇家护卫军的统一服饰。船篷雕梁画栋，里面十分宽敞，布置得像宫殿一样。宽阔的厅子中央，可供乐班子唱歌跳舞。唐玄宗和杨贵妃坐在桌前，喝着茶，听着曲子，看着河两岸的景色。微风徐徐，吹得窗边的帘子轻轻飘动，有如身处仙境一般。

　　游兴正浓的时候，高力士走进来，向唐玄宗报告："圣上，那李白……"

　　"李白？怎么又提他？"唐玄宗不耐烦地说。

　　"您往岸上瞧瞧。"高力士抬胳膊斜指向岸。

　　唐玄宗顺着他的手指看去，只见岸边的树下有几个人，正坐在那儿大声喧笑。而中间一穿紫袍的人，正是李白。他又醉醺醺的，晃晃悠悠地转来转去，一会儿坐在地上，一会儿倚在树下，远远地，不知道说些啥，引得众人不断哈哈大笑。

　　"肯定又在那儿大放狂言。"高力士撇撇嘴。

"快！叫他到船上来，给朕作几首诗。瞧他醉成这样，一定又有美妙的诗句了。"唐玄宗反倒说。

高力士急忙命人向岸上喊："李学士，圣上命你到船上来！"

李白正讲得眉飞色舞，空着手做着舞剑的动作。

侍卫们又提高了嗓音："李学士，圣上命你到船上来！"

这回有人听见了，扯了扯李白的衣袖。李白停住，扭头向河上看，摆摆手："嘿，不上船，我乃酒中之仙，快拿酒来！"

旁边的人有些替他担心："是圣上，圣上命你到船上去！"

"如何去？不不不，现在不行，等到我喝够了，就可以飞到船上去了！"说完，他不仅不理会，反而转身又奔酒馆去了。

唐玄宗不高兴了，竟然敢有人不听他的旨意！

"圣上，这李白越来越狂妄了，长安城里、天子脚下，他如此胆大，目中无人，恐怕会带坏许多文人。"杨贵妃趁机说。

唐玄宗沉着脸不说话。

"不如给他转个外官，逐出长安吧。"杨贵妃建议道。

唐玄宗微微点头。

第二天上朝的时候，唐玄宗刚要命人宣李白上殿，忽然有人来报，说贺知章大人病危了。

"啊，快派御医去给贺侍郎诊治。"唐玄宗顾不上李白的事了。而李白这几天也一直留在贺知章府里，焦急地等着消息。

贺知章昏迷不醒了好几天，终于睁开了眼，与李白继续喝酒谈诗。

"太白，老朽死里逃生，实属侥幸，经过这次大难，我想回归故里，把这把老骨头埋在故乡。"他跟李白说。

"贺侍郎如果离开长安，我也不会多留。"

贺知章没再多说，他也意识到，李白的个性确实不适合在朝廷做官。

身体渐渐好了之后，贺知章递了请求告老还乡的奏章。而且，他请求皇上恩准他回乡当道士，并准许他把长安的家捐出来作为道观，观名叫作"千秋"。唐玄宗对贺知章万分敬重，一切都恩准了。

过了一些日子，贺知章把一切事情都处理完，便启程回故乡吴地。唐玄宗下诏在京城东门设帐幕让百官为他送行，并亲自写了一首送别诗，具体是什么诗，也没有记载。李白当然也写了送别诗：

送贺宾客归越

镜湖流水漾清波，狂客归舟逸兴多。
山阴道士如相见，应写黄庭换白鹅。

贺宾客就是贺知章。他曾经当过太子的宾客。诗的意思是，镜湖的水面如明镜，您四明狂客归来荡舟尽豪情。古代曾有王羲之写《黄庭经》向山阴道士换鹅的韵事，您在那里一定也会有这样的逸兴的。

因为贺知章是以道士身份告老还乡的，而李白也尊崇道学，所以这首诗完全是送出家人的口气。李白想象着友人终日在镜湖上泛舟遨游，表现出一种由衷的祝愿和向往。

贺知章再次向唐玄宗辞别，不禁老泪纵横，唐玄宗也万分不舍。贺知章从武则天做皇帝时就在朝为官，生性谦和、正直，为人包容，文武百官没有不敬重他的为人的。而他的学识更是朝堂上下无人能及。这样一个文才、品德都卓越的人要离开，唐玄宗当然依依不舍。临行，唐玄宗问他还有什么要求。

"犬子还没取名，请圣上赐名吧，这也是老臣归乡的荣耀呀。"

唐玄宗说："信乃道之核心，孚者，信也，卿之子宜名为孚。"

贺知章叩头拜谢，过了一会儿，忽然说："圣上太知我啦，孚字上面是个'爪'子，下面是个'子'字，您为我儿取名孚，不是称我儿子是爪子吗？"

唐玄宗哈哈大笑。其实，孚字本身是孵的意思，是一只成年鸟在孵化自己的孩子。在甲骨文中，孚字上面是两只鸟的爪子，下面是一层草，寓意着鸟在窝里孵鸟。唐玄宗用这个字给贺知章的儿子起名字，是希望他的儿子像鸟一样出壳快点长大成才。而孚字的引申之意也是勉励他教育出一个诚实守信的好孩子。

第十九章

≈

赐金放还离长安

贺知章平时喜欢研究道学不假，可是他一大把年纪，而且还刚刚得了幼子，为什么突然就请求出家了呢？关于这个，民间有一个传说。

据说，贺知章在西京宣平坊有一座住宅。在他家对门是一座简易的小院，经常有一位老人骑着驴从那小板门出出进进。五六年过去了，老人的脸色、穿着跟原来一样，一点也没有变化，也看不到他有什么家人。贺知章好奇，就向人打听。邻居们说那老头姓王，在西市卖穿钱绳。贺知章更纳闷了，穿钱绳能卖几个钱，怎么能维持生活呢？贺知章觉得这老人不平凡，决定去了解一下这位老人。

他推开那个小板门，见里面也是普通的小院子。老人笑呵呵地迎接他，请他进屋，泡了壶茶，而且是命一位童仆泡的茶。一个卖穿钱绳的老人还有使唤童子，就更加奇怪了。可是，贺知章也不便多问，只是聊一些家常。言谈中，他发现老人懂得修仙炼丹之术，就有心拜老人为师。

这天，贺知章带着一颗明珠去拜师："请您收下这件礼物，这是我在家乡时无意中得到的，珍藏了几十年，把它敬献给您，表示我诚心诚意要向您学习道法，请收下我这名老徒弟。"并且深深施礼。

老人接过明珠，随手交给童仆："去买饼子吃吧。"

童仆很高兴，拿着跑出去没多大工夫就回来了，抱着三十多个烧饼。

"您也一块吃吧。"老人递给贺知章一个烧饼。

贺知章心里很不舒服，心想，我那么珍贵的明珠送给你，你却只换了三十个烧饼，还请我来吃，我哪里咽得下去呀。

老人已经察觉到他的心事，说："道术可以心得，不在于力争，悭吝之心不停止，道术永远也不会学成。你应该到深山幽谷中，勤奋地、专心地探索寻求。这些不是在市井中别人能传授给你的。"

贺知章觉得老人说得有道理，拜别了老人。过了几天，他再去那小板门院里，老人已经不见了，童仆也不见了。贺知章更加深信这老人是修道成仙的人了，便下定决心辞官，回乡求道。

贺知章走后，李白更加觉得生活没意思。能谈得来的、知心的人已不在。偌大的京城，他竟然觉得没处可去，连醉酒都觉得没劲了。他也有好久不去长安街上的酒馆了，倒是安安静静地坐在翰林院里读了一些书。

有时候，集贤院的学士见他在，就急忙追来请教一些经史方面的学问。

李白还写了首诗给集贤院的学士：

> 晨趋紫禁中，夕待金门诏。
> 观书散遗帙，探古穷至妙。
> 片言苟会心，掩卷忽而笑。
> 青蝇易相点，《白雪》难同调。
> 本是疏散人，屡贻褊促诮。
> 云天属清朗，林壑忆游眺。
> 或时清风来，闲倚栏下啸。
> 严光桐庐溪，谢客临海峤。
> 功成谢人间，从此一投钓。

这首诗叫作《翰林读书言怀呈集贤诸学士》，是李白有感而发写出来的。诗里，他以名士的风度，以朋友谈心的方式，借着翰林院的烦恼事抒发了自己理想落空的苦闷，表露了"达则兼济天下，穷则独善其身"的志向。诗的意思是：清晨赶赴宫中，晚上往金马门待诏。翻看前人的残卷，探讨古贤人著作中的奥妙。哪怕只是只言片语与前人暗暗相合，也禁不住欢喜地

掩卷而笑。青蝇轻而易举地玷污了白玉,《阳春白雪》却难以找
到同样的美妙曲调了。我本来是个疏懒散漫的人,却多次遭到
狭隘之人的嘲笑。正值秋高气爽,天高云淡,不由得回忆起林
壑间的游戏。有时候清风徐徐吹来,闲倚着栏杆,我放声长
啸。严光在桐庐溪边垂钓,谢灵运畅游天涯海角。何时我才能
功成身退,从此在烟波间垂钓呢?

同在翰林院有个叫张坦的,说起来还是个驸马,也是自以
为才高八斗,但是唐玄宗似乎并不太器重他。因为李白常常被
唐玄宗叫去写诗,而且在殿上喝醉酒瞎胡闹唐玄宗也没申斥,
张坦就嫉妒得要死。他无意中看到李白这首诗,认为大有文章
可做,就拿着急匆匆地去见唐玄宗。

唐玄宗看了这首诗,明白了李白的意思。唐玄宗心想:既
然这样,就成全你吧。

第二天,李白前来辞官,辞呈递上去,还没等多说话,唐
玄宗立刻准了,并说:"学士竟是如此向往归隐山林的生活,朕
就赐你足够金钱,成全学士的夙愿,希望你能潜心修道,达成
愿望。"

李白一下子懵啦,虽然没指望圣上挽留自己,可也没想到
会这么爽快呀,至少也得假装留一下吧?难道是因为我好久没
在殿上发酒疯,他们觉得生活没趣了吗?或者是习惯了没有我
那癫狂式的气氛调剂了?斜眼瞧瞧高力士那阴险的表情,再看
看张坦那得意扬扬的样子,一下子明白了,不用说,肯定是这

群"青蝇"干的。也好，这样混下去也没什么意思，不如纵情山水，过"今朝不称意，明朝散发弄扁舟"的日子，那样可能更快活。

于是，他谢过唐玄宗，离开了长安，又开始了四处漫游的生活。

第二十章

≋

李杜相遇

在金殿上不受待见的李白，在翰林院还是有几个好友的，他们喜欢他的洒脱、侠义与率真。知道李白辞官将离开长安后大家设宴为他送行。

"那高力士从小就是圣上的伴读，一直跟在圣上身边，连太子见了也称兄弟，王侯们称他为翁，驸马张坦也像跟屁虫一样地巴结他，称他为爷爷。这个人飞扬跋扈几十年，没人敢惹呀。"其中一位说。

"他有一次铸了个庙钟，让宫里人去敲，敲一下给他一百串钱。"另一个说。

"在宫里他也敢这么明目张胆地敛财？"有人问。李白只是微微一笑，他虽然是第一次听到这事，但依他对宫里及高力士的了解，做这种事简直像喝水那样平常。

"嘿，人们都争着敲呢，最少的也敲十下，借机巴结他。太白兄却那样羞辱他，把他当成侍臣对待，他岂能不记恨?!"

"他原本就是奴才嘛，那一副媚骨，那副狗仗人势的嘴脸……"李白说。

"太白兄，你生性光明磊落，可是，这世间还有许多小人呀。宁惹君子别得罪小人。算了，我说这些也没用了，你离开长安，自由自在地漫游各地，岂不是更爽哉?! 来来来，我们喝酒吧，你这一走，恐怕此生也没有机会再一起喝酒唱和了。"

于是，大家都端起酒杯，痛饮起来。

李白作了一首《东武吟》，带着对唐玄宗的失望与对国家的担忧离开了长安：

好古笑流俗，素闻贤达风。

方希佐明主，长揖辞成功。

白日在高天，回光烛微躬。

恭承凤凰诏，欻起云萝中。

清切紫霄迥，优游丹禁通。

君王赐颜色，声价凌烟虹。

乘舆拥翠盖，扈从金城东。

宝马丽绝景，锦衣入新丰。

依岩望松雪，对酒鸣丝桐。

因学扬子云，献赋甘泉宫。

天书美片善，清芬播无穷。

> 归来入咸阳，谈笑皆王公。
>
> 一朝去金马，飘落成飞蓬。
>
> 宾客日疏散，玉樽亦已空。
>
> 才力犹可倚，不惭世上雄。
>
> 闲作《东武吟》，曲尽情未终。
>
> 书此谢知己，吾寻黄绮翁。

我信奉而且喜好自古传下来的传统，对现在流行的世俗之风看不惯，我仰慕贤达之风。希望能辅佐明主，功成之后再长揖而去。皇帝像那高悬在天空中的白日，它的光辉有幸照在了我的身上。我恭承皇上的诏书，起身于草莽中，来到长安。从此，在皇上身边任清贵重要的职务，在紫禁城里自由地进进出出。由于君王的另眼相看，我声名鹊起，如凌烟虹。我常常跟随天子的乘舆，进出于长安之东的温泉宫。我乘着宝马来到这风景秀丽的地方，身上穿着锦衣进入新丰镇。在骊山温泉宫里，我有时游山逛景，望松雪而寄傲，有时在筵席上对酒弹琴，也曾像汉代的扬子云那样献赋。皇上对我的“雕虫小技”大加赞赏，我的美名从此就传开了。从温泉宫回到长安，王公权贵们就争着与我结交，好不热闹呀。现在，我一旦离朝，辞职离京，那些宾客立刻消失得无影无踪了。案上的酒杯总是空空的。但我自觉才力还可以，与当世的雄才相比，一点也不逊色。闲来作了这首《东武吟》，曲完而情未尽，写这首诗向诸位知己告别，从此，我将追随往昔的商山四皓隐居山林了。

　　李白在诗里回顾了三年的长安生活，写自己受皇恩后，无比荣耀，且广交王公。当他离朝时，立刻宾客疏散，孤独凄凉。在经历了大起大落、人情冷暖之后，他决心学习商山四皓隐居山林。

　　在这里，李白对于唐玄宗、高力士等人没作任何评价，大概是因为之前张坦排挤他的事吧，没说得太深入。其实，这时的他已经对唐玄宗万分失望了，对国家无比担心。他的一身抱负无处施展。他对唐王朝的腐朽感到愤慨，对当朝权贵们极其蔑视。他在《古风》里这样写：

> 大车扬飞尘，亭午暗阡陌。
> 中贵多黄金，连云开甲宅。
> 路逢斗鸡者，冠盖何辉赫！
> 鼻息干虹蜺，行人皆怵惕。
> 世无洗耳翁，谁知尧与跖！

　　大车驶过，尘土飞扬，时值正午天最亮的时候，却看不清街道。有权势的太监们，驱车返回府宅，他们住着豪华的楼宇。路上遇到斗鸡的人，他们的冠盖光彩照人。他们随便一哼，鼻子里呼出的气就吹动云霞，行人没有一个不害怕的。世上再也没有像许由那样不慕名利的人了，谁还能分得清圣贤与盗跖呢？

这几句出自《古风》五十九首其二十四。李白的《古风》是一系列诗，共五十九首。

在长安的三年，李白看透了世事。唐玄宗宠信宦官，宦官们就都住着华丽的府宅，据说半个长安的楼阁都是宦官的房产。唐玄宗喜欢斗鸡，那些驯养斗鸡的人就升官发财了。有个叫贾昌的人，特别会驯养斗鸡，唐玄宗就封了他做大官。

李白用这首诗写那些小人得势后的嚣张。洗耳翁是指许由。据说，当年尧帝曾想让位给许由，许由不接受，认为这话污了他的耳朵，就去河边洗。而诗里的圣贤指尧帝，盗跖就是指那些宦官及仗着斗鸡得宠的小人。他们整天残害忠良，跟强盗没什么两样。

离开长安，李白再也不用写那些讨好杨贵妃，让他感觉到伤自尊的诗了。他可以任性发挥，看不惯皇亲贵族的贪婪和霸道就写，看到好山好水也写，遇见好朋友就更加要写了。

四月，李白到了洛阳。

在长安时，他曾见过进京述职的奉天令杜闲，二人谈起诗词及对国家民生的看法，非常投缘。李白到了洛阳，第一件事就是去拜会这位老朋友。

"李学士能够想到我这地方乡野之人，实在是让老夫感到欣慰。"杜闲自然是十分高兴，命家人赶快准备丰盛的酒菜款待李白。

李白沉吟了一下，脸色晦暗："哎，官职一辞，昔日踏破门槛的王公贵族们就不见踪影，世态炎凉顿显。杜天令不怕受牵连，还肯赏白一杯酒喝，已是感激不尽了。"

"学士说的哪里话？学士为人洒脱、率直，途经洛阳，能想到来老夫家坐一坐，实在荣幸。小儿子美平日里仰慕学士的为人与文采，正好请教呢。学士要是不来，小儿哪有这样的机会？"说着，杜闲就命家人把公子叫来与李白相见。

"奉天令大人说的可是杜甫杜子美？"李白早就听人提起过这个年轻人，"令郎才名已经冠天下，恐怕说请教二字太抬高我了，如果令郎在家，不妨互相交流一下。"

这杜甫的父亲杜闲在诗文方面不怎么出名，可他的祖父杜审言可是初唐时著名的诗人，而且官也做得挺大，官至膳部员外郎。而杜甫从小有良好的家庭学习环境，七岁时学诗，到十五岁时就声名远扬了。可能是因为家庭环境优越的关系吧，杜甫在十几岁时写的诗充满生活情趣，也颇有童趣，他曾写过一首自己顽皮爬树的诗：

忆年十五心尚孩，健如黄犊走复来。
庭前八月梨枣熟，一日上树能千回。

写自己十五了还跟个孩子一样长不大，身体健壮得像小黄牛犊。门前那几棵梨树和枣树，一天能爬个上千回。

但现在的杜甫已经三十三岁了，不再像小孩那样上树爬墙了。他平时不是四处漫游，体验各地的民俗风情，就是关在书房里看书写文章。一听家人说李白来到家中，他惊喜得袖子一挥就把笔甩了，黑墨汁甩了家人一脸。

"公子，您能不能像个成年人的样子，稳重一些？现在要去见的可是您的超级偶像李白大学士呢。"家人嘟着嘴在脸上抹了一把。这下，原本只是一道的墨汁涂了个满脸。杜甫哪顾得上听他啰唆，急忙换了件干净平整的衣服，重新束了发髻跑向前厅。

"真的是李学士吗？"他心里这么想着，可是没说出来。进了厅堂，先是向父亲请了安。

"你最仰慕的李学士就在眼前，快快上前见礼。"父亲指引着。

杜甫急忙深深施礼。

李白打量着杜甫，身高中等，身材匀称，大约是因为常年在外游历的关系，面色不像普通读书人那样白净，眉毛很浓，一双眼睛炯炯有神。李白素来练剑学道，并不欣赏那些文弱的书生，他认为男儿就应该有一股男子汉气概才行。眼前的杜甫虽然不像他那样身怀高超剑术，但自有一股大丈夫的气概，一眼就觉得很是投缘。

　　杜甫也被李白的气质吸引了。他只是在传闻中听说李白浓眉大眼，眼角斜插入鬓，举止潇洒，略带西域粗犷风骨。今天一见果然名不虚传。

　　二人一见如故，把酒畅饮，并相约结伴漫游。

第二十一章

〰

结伴漫游王屋山

他们自洛阳出发，先是去河南一带的开封、商丘、琴台漫游。在琴台，李白再次想起了司马相如的故事，不像当年那样壮志凌云了，他叹自己没有司马相如的机遇，又叹息自古才华之士总是为小人算计。想想司马相如不是也穷困得开酒馆当伙计？不管怎么样，皇上念及他也同为李姓和他的才华，赐了一笔金钱，不至于开酒馆卖酒。

"王屋山离这儿有多远？"从琴台出来，李白问。早些年他曾受过司马承祯的邀请，可是一直没有机会来。司马承祯奉诏在王屋山阳台观居住，在这里著了《修真秘旨》，后来就病死在这里，葬在王屋山西北的松台。而现在有许多道士在此修炼，与李白有过往来的一个叫华盖君的道士也在此修炼。李白想既然到了河南，不如去会一会华盖君。

"要渡过黄河。"杜甫说，"我也正想去向华盖君求教。"

于是，他们来到黄河边，雇了船家。这船家的运输工具可不是船，而是羊皮筏子。在湍急的黄河上，普通的木船是无法平稳渡过的，只有这种特殊的船（完整的羊皮并排绑在一起做成的中空的羊皮筏子）才能在河面上前行。

这王屋山虽然不高，相传却是轩辕黄帝祈天的地方，古时叫作天坛，又因为《列子》中"愚公移山"的故事而有名。山中有洞，深得没法进入，谁也不知道到底有多深。

天坛山前是华盖峰，据说有一位叫王子乔的人在这里修道，道号华盖君。传说他是和师父驾着鹤来到这里的。这么一传，他的名气就大了起来，也神秘起来，许多修道的人都想来此与他论道。李白和杜甫也是怀着这样的一颗心来的。

然而他俩到了之后，被人告知华盖君不在，外出讲道了，二人不免觉得有些失望。李白和杜甫在华盖峰附近转了转，只见这座山峰异常陡峭，仰视状若华盖，俯视又如连珠，所以也有人叫它连珠峰。因山里多野桃，当地百姓又叫它花果山。他们一边下山一边回望，远处看，这座峰又像一位虔诚的朝拜者，跪伏在天坛峰前。山脚下有一棵千年银杏树，万股清泉，淙淙流淌。

"真是一座仙峰呀！"李白不由得慨叹道。

杜甫点头还没来得及说话，只听身边有人说："的确是一座颇具仙风道骨之峰。"

二人转头一看，是一位农夫打扮的人，然而这农夫看上去颇有几分书卷气。

"请问，您是居住在这山里的人吗?"杜甫施了个礼问。

那人摇摇头:"我也是来听华盖君讲道的。"

"哦?"李白不由得来了兴致,"听您这口气,经常听华盖君讲道喽?"

"是呀,我的果园就在山的那边,很方便。"

"那么,请您为我们讲一讲华盖君是如何论道的,好吗?"杜甫问。

"好呀,如不嫌弃,二位可以到我的果园去坐坐。"

收到这样的邀请,李白向来不拒绝,何况此时口渴得要冒烟了,去果园吃些果子解解渴也不错。

他们一行下山,绕过一个山坡,果然有一大片果园。园子里有茅草屋和篱笆院,简朴而幽静。

"小农孟大融,请问二位高姓大名?"

李白和杜甫各自报出姓名,听到李白之名,孟大融不禁大惊,立刻整理衣襟再次施礼。他端出自家种的蔬菜和简单的糕点,当然,最吸引李白和杜甫的莫过于他自酿的果酒啦。

三人立即畅饮谈道。李白觉得与这孟大融非常投缘,便挥笔写了一首《寄王屋山人孟大融》:

> 我昔东海上,劳山餐紫霞。
>
> 亲见安期公,食枣大如瓜。

中年谒汉主，不惬还归家。

朱颜谢春辉，白发见生涯。

所期就金液，飞步登云车。

愿随夫子天坛上，闲与仙人扫落花。

我以前在东边的海上，在劳山大口大口地吞吃紫霞。亲眼见过琅琊隐士安期公，他得道成仙，活到一千岁，他吃的枣子大如瓜。中年时期去拜谒君王，因为不开心还是回家了。我盼望着喝了金液成仙，然后腾云驾雾，驾着云霄车，随着夫子到那天坛上，跟仙人们一起扫扫落花，是多么轻松、惬意呀。

孟大融看了这首诗后，觉得也说到了自己的心里。总有一天，自己也会得道成仙。

转眼秋季来临，他们自夏季出发，在外游历已经好几个月了。此时，他们已经离开了河南，到达山东境内。

"不如我们先去范十那儿落脚。"杜甫建议。

范十居住在山东任城（今山东济宁），与他们二人之间常有诗词往来，彼此都互相欣赏。于是，在一个秋高气爽的日子，他们骑着马直达任城。一路上秋草丰茂，路径迷离，走不多远，纵马急驰在前面的李白就迷了路，一头钻到了苍耳丛中，粘了一身的苍耳。他并不在意，反而完全被这秋天的风景吸引住了。他俩穿过野草丛，来到范十家门口。李白刚下马，院子里的人听到动静就出来了。因为许多天前，范十就收到了李白要来的书信，这几日一直没敢外出，在家等着。

范十听到马声，立刻迎出来，可是见到站在门外的两个人，不禁犹豫了。只见来人一高一矮，身形都比较瘦削，高的年纪三十多岁，稍矮的四十多岁。二人因为风吹日晒，脸色透着铜色，衣服皱皱巴巴，上面满是尘土和苍耳籽及其他草籽，靴子上也沾满了泥巴。而且他们的帽子也有些歪了，一副赶脚货郎的样子。

他怔怔地看着两人，良久没说出话来。

"范十郎，还怔着干什么？"杜甫先开口了。

"可是李太白和杜子美？"范十试探地问。

"正是。"二人异口同声地回答。

"啊，这样风尘仆仆，二位一路辛苦啦！快请进，我早已备好酒菜为二位接风。"说着，拉着二人进院，叫家人把马牵去厩里好好喂养。范十又叫仆人端来清水让二人洗漱，让二人到客房换好干净衣服，脏衣服让仆人拿去洗了。三人到了前厅，落座，畅饮起来。

"刚刚看到二位狼狈的样子实在不敢相认。在诗文和画像中，二位均是神采奕奕，十分潇洒呀。"范十有些不好意思，一边给二人倒酒一边说。

李白倒是觉得这种见面别开生面，极其有趣，端着酒一口而干，随口吟道：

雁度秋色远，日静无云时。

客心不自得，浩漫将何之？

忽忆范野人，闲园养幽姿。

茫然起逸兴，但恐行来迟。

城壕失往路，马首迷荒陂。

不惜翠云裘，遂为苍耳欺。

入门且一笑，把臂君为谁。

酒客爱秋蔬，山盘荐霜梨。

他筵不下箸，此席忘朝饥。

酸枣垂北郭，寒瓜蔓东篱。

还倾四五酌，自咏猛虎词。

近作十日欢，远为千载期。

风流自簸荡，谑浪偏相宜。

酣来上马去，却笑高阳池。

秋色萧萧，大雁远来，高远的天上没有云彩，日光悠悠温暖。我长时间客居在外，心绪难平，动荡如东海的波涛，难以平息。突然想起了老朋友范庄主了，他隐居在城北的田园修身养性，不如去烦烦他吧。于是，这么想着，说走就走，趁着兴头出城向北而来。走到城壕边迷了路，进了荒山野地，连老马也不认识路了。不管是多么珍贵的翠云裘衣，都粘了苍耳籽。一进门把老范乐开了花，一个劲地问：你是谁呀？怎么如此狼

犹？我们用什么下酒呢？秋天的蔬菜和水果，再来一盘霜梨开
开胃。在别处吃饭没胃口，还是这里的酒菜吃着开心。村北的
酸枣累累满枝头，篱东的寒瓜满地长着。一连喝掉四五杯，酒
到酣处唱一首《猛虎词》。连续十天都是酩酊大醉，即使过了千
年也不会忘记，何时再来一回？风流倜傥之士注定要颠簸一
生，一定要有幽默自嘲的性格才能合宜。大醉后就像晋朝的山
公倒骑着马回家！至于主人，以后有空再来道谢。

　　无论身处何地，身处何境，都能笑着面对，都能以诗文相
和，李白的这种洒脱正是杜甫最向往的，也正是他身上缺少的
东西。在他眼里，李白天赋近乎仙，一杯酒下肚，就能分秒间
写出别人想破头也想不到的绝妙诗篇。他是那么崇拜李白。李
白与杜甫的性格截然不同，他挥洒才情，潇洒地面对人生的态
度，是杜甫想学也学不来的。

　　他们在范十家逗留了十几天，每每喝完酒，便回到客房，
晕晕乎乎地，二人盖着一条被子就睡着了。后来，杜甫也把这
段美好的经历写成了诗《与李十二白同寻范十隐居》。可见三人
是多么亲密无间了。他们彼此称呼着对方在家里的小名。李白
在家里排行十二，所以叫李十二。杜甫排行第二，称作杜二，
而范十则排行第十。

李侯有佳句，往往似阴铿。

余亦东蒙客，怜君如弟兄。

醉眠秋共被，携手日同行。

更想幽期处，还寻北郭生。

入门高兴发，侍立小童清。

落景闻寒杵，屯云对古城。

向来吟橘颂，谁与讨莼羹？

不愿论簪笏，悠悠沧海情。

　　李侯有佳句，往往像阴铿那样随口而诵。我本是东蒙人，与他亲如弟兄。我俩喝醉了共用一条被子而眠，携手一同漫游各地。我们更想去一个幽静的地方略做休息，就找到北郭范十这里来了。客人进门，主人分外开心，看那侍立在一边的清秀小童，就知道主人不凡。夕阳落下，听得见寒杵捣衣的声音，天边堆积的昏暗的云照着古城。吟《橘颂》，受命不迁，在此隐居，人生贵适志，何必数千里之外去求取爵名呢？不愿戴冠簪，持笏板，去做官，只想寄情于江海，过着闲适的生活。

第二十二章

≈≈

病卧东鲁

　　这天，杜甫接到一封家书，说继母在陈留的居所去世，要归葬回洛阳祖坟里。杜甫向李白辞别，临行前，他几次欲言又止。

　　"杜贤弟，你似乎有什么话要说？"李白问。

　　杜甫摇摇头，张了几次口还是没说，转身进屋，磨墨写了一首诗：

　　　　秋来相顾尚飘蓬，未就丹砂愧葛洪。

　　　　痛饮狂歌空度日，飞扬跋扈为谁雄？

　　原来，杜甫崇拜李白，敬佩他的个性与为人，但不太赞同李白的飞扬跋扈。随着接触的增多，他发现李白整天纠结于许多事，今天要学修道、炼丹，明天又想着入仕，成就点事业，对朝廷上的事动不动就抨击一下。他觉得为人这么高调不大好，而且整天忙来忙去的，却始终一事无成。他觉得做人应该踏踏实实地认准一个目标做下去。于是，临行前，杜甫写了这首《赠李白》是在规劝李白：

秋天离别时两相顾盼，像飞蓬一样到处飘荡。没有去求仙，真愧对西晋那位炼丹的葛洪。每天痛快地饮酒狂歌白白消磨日子，像您这样意气风发的人，如此逞强究竟是为了谁？

杜甫这首诗短短二十八个字就把李白的形象刻画得形象生动。

李白看了这首诗，微微一笑，也回了一首开玩笑的诗：

饭颗山头逢杜甫，头戴笠子日卓午。

借问别来太瘦生？总为从前作诗苦。

他也用诗取笑杜甫做事那股子认真、较真劲儿。说他这么瘦也是因为苦苦追求写诗所致。当然这只是他的玩笑，他也知道，杜甫那首诗表面是规劝自己不要太傲慢、太狂妄，实际上，他们心心相知。李白藐视权贵，每天痛饮狂歌，始终不被皇上赏识，虽然有济世之才，却无处施展。杜甫感慨万千，为李白惋惜。这首诗真正体现的是李白的"狂"和"傲"。

李白自然知道朋友这是为自己感到不平。于是，他又一本正经地写了一首送别诗《鲁郡东石门送杜二甫》：

醉别复几日，登临遍池台。

何时石门路，重有金樽开？

秋波落泗水，海色明徂徕。

飞蓬各自远，且尽手中杯！

离痛饮后大醉而别还有几天，我们登遍附近的山池楼台。什么时候在石门山前的路上，我们重新在那里开怀畅饮？泗水上荡着漾漾的秋波，熠熠的海色映亮了远处的徂徕山。我们就像那飞蓬一样各自飘远，就淋漓痛快地饮尽杯中酒吧。

与杜甫分手后，李白也回到家中。此时家中有刘氏打理，一切井井有条。李白每天和东鲁的几个朋友游历山水，写诗、论道、练剑。这样过了大半年，回想起自己这几十年，先后遇到两个最懂自己的人，一个是杜甫，另一个是贺知章。早在两年前，贺知章病故了。而杜甫，有友人传信来说，此时也遭遇了奸人的诋毁，处于颠沛流离中。李白心情郁积，竟然也病倒了。

黄昏时分，妻子为他熬了药。喝完药，他便迷迷糊糊地睡着了。睡梦中，他到了一个雾气缥缈的山里，在那里，他穿着谢灵运的木屐，一路登上去。山里光线迷离，忽明忽暗，让人如置身云端，飘飘悠悠。忽然，一阵巨大的鸡叫声把他惊醒了。

他坐起身，回想着刚才的梦，想到谢灵运的木屐，自问：那莫不是吴越一带的天姥山？对！就去吴越吧。

这样决定之后，他就跟几个朋友告别，并起身写了一首《梦游天姥吟留别》送给朋友们：

海客谈瀛洲，烟涛微茫信难求。

越人语天姥，云霓明灭或可睹。

天姥连天向天横，势拔五岳掩赤城。

天台四万八千丈，对此欲倒东南倾。

我欲因之梦吴越，一夜飞度镜湖月。

湖月照我影，送我至剡溪。

谢公宿处今尚在，渌水荡漾清猿啼。

脚著谢公屐，身登青云梯。

半壁见海日，空中闻天鸡。

千岩万转路不定，迷花倚石忽已暝。

熊咆龙吟殷岩泉，慄深林兮惊层巅。

云青青兮欲雨，水澹澹兮生烟。

列缺霹雳，丘峦崩摧。

洞天石扉，訇然中开。

青冥浩荡不见底，日月照耀金银台。

霓为衣兮风为马，云之君兮纷纷而来下。

虎鼓瑟兮鸾回车，仙之人兮列如麻。

忽魂悸以魄动，怳惊起而长嗟。

惟觉时之枕席，失向来之烟霞。

世间行乐亦如此，古来万事东流水。

别君去兮何时还，且放白鹿青崖间，须行即骑访名山。

安能摧眉折腰事权贵，使我不得开心颜！

海外来客们一谈起瀛洲，那种描述感觉烟波渺茫，实在难以寻求。浙江一带的人一说起天姥山，说是在云雾中忽明忽暗难以看得见。那天姥山高耸入云，连着天际，遮住了天空。山势之高，超过了五岳，遮住了赤城山。天台山虽然高四万八千丈，可是在天姥山面前都像是向东南倾斜要拜倒一样。

我根据越人的话梦游到了吴越，一天夜晚飞渡过明月映照的镜湖。镜湖上的月光照着我的影子，一直送我到了剡溪。谢灵运住过的房舍还在，那清澈的湖水，波光荡漾，猿猴清啼。我穿着谢公当年特制的木屐，登上直上云霄的山路。在半山腰就看见了太阳从海上升起，半空中传来天鸡报晓的声音。无数的山岩重重叠叠，道路弯曲盘旋，方向不定。我迷恋着花，倚着石头，不知不觉间天色已晚了。远处传来熊的吼叫，龙的长鸣，岩中泉水在震响，森林战栗，山峰惊颤。云层越积越重，沉沉的，像是要下雨了。水波动荡着生起了烟雾。电光闪闪，雷声轰响，山峰好像要崩塌似的。仙府的石门訇的一声从中间打开了。天色昏暗看不到洞底，日月照耀着金银做的宫阙。用彩虹做衣裳，风作为马来乘，云中的神仙们纷纷下来。老虎弹奏起琴瑟，鸾鸟驾着车，仙人们成群结队而来。忽然，魂魄惊动，我猛然醒来，看见身边只有枕席，梦中的瑰丽景象全都消失了。

人世间的欢乐也像梦中一样吧，自古以来万事都像东流水一样一去不复返。我现在向诸位告别，啊，什么时候回来？暂且把白鹿放到青崖间，等到要远行时就骑上它去访问名山。我

岂能卑躬屈膝地去侍奉权贵，让自己郁郁寡欢，不能开开心心
地笑呢？

　　到了吴越，李白第一件事就是去凭吊贺知章。李白坐在贺
知章墓园旁的树下，摆好酒壶，倒了两杯酒，一杯举向空中，
似是递给贺知章，一杯自己一饮而尽。他想起当年初次与贺知
章相识，贺知章用金龟抵押换酒请自己喝的情景，不由得万分
伤怀，写下了两首怀念诗：

对酒忆贺监二首，并序

　　太子宾客贺公，于长安紫极官一见余，呼余为谪仙
人，因解金龟换酒为乐。殁后对酒，怅然有怀，而作是诗。

一

四明有狂客，风流贺季真。

长安一相见，呼我谪仙人。

昔好杯中物，翻为松下尘。

金龟换酒处，却忆泪沾巾。

二

狂客归四明，山阴道士迎。

敕赐镜湖水，为君台沼荣。

人亡余故宅，空有荷花生。

念此杳如梦，凄然伤我情。

四明山中曾出现过一个狂客，他就是久负盛名的贺季真。在长安一见面，他就称呼我是天上下凡的仙人。当初是喜爱杯中美酒的酒中仙，今天却变成了松下尘土。每每想起他用金龟换酒的情景，就不由得泪湿衣襟。

狂客贺知章回到四明，受到山阴道士的欢迎。御赐给他一池镜湖水，让他游赏山光水色。如今，人已逝去，仅剩下故居还在，镜湖里空有朵朵荷花生长着。看到这些就使人感到人生渺茫如一场大梦，令我凄然神伤。

凭吊完贺知章，李白就开始寻访他的偶像谢灵运的足迹。他要沿着晋代山水田园诗人谢灵运的足迹走一遍。首先他找人定做了一双谢灵运设计的木屐。那是一种专门用来登山的鞋，屐底装有活动的齿，上山时去掉前齿，下山时去掉后齿。李白带着木屐开始了谢氏旅游路线。

他是这样地追着谢灵运，先是到了天台山，后来又到了扬州。他却不知道，也有个人把他当成偶像一直追随而来。这个人叫魏万，是王屋山的人。魏万听人说李白到了王屋山就赶去相见。没想到，他到的时候，李白已经离开了。于是，他又追寻到开封。好在李白到哪儿都会留诗，他寻着诗一路追寻，追到天台山，又到了扬州，终于见到了李白。

　　能够一路追寻而来的人，不用想，也是跟李白一样执着的人。二人一见如故，很快成为忘年交。魏万比李白小十几岁，如李白与杜甫一样。李白高兴地写了一首《送王屋山人魏万还王屋》送给这位小崇拜者。内容大约是：你这个小家伙，有仙人气质，出生在东方，却像西方的神仙一样喜欢戏弄浩荡云海。你精力充沛，独来独往，家人也不知道你的去向。你是魏家的子孙，继承了毕万的大名。十三岁舞文弄墨，看经读史，下笔成文。你口齿伶俐，和当年的鲁连子一样。你在王屋山采气练功，窥奥入妙，一睹洞天门……

　　总之，他也像贺知章欣赏自己那样欣赏着魏万，临别时，他对魏万说："你一定会有大成就的，希望你不要走我的弯路，等将来你要是成功了，不要忘了我和我的孩子明月奴。"

　　"您说的哪里话？我魏万一生最敬佩的人便是您。一路上追寻着您的诗而来。您的诗词我尽收在背囊中，时时拿来学习。您的清雅脱俗、仙风道骨就是我所追求的。"魏万诚恳地说。

　　"是吗？那么有件事麻烦你，既然你收集了我的诗作，有空闲的时间，就请帮我编成集子好不好？说实在的，我自己也没有留存几首。"李白说。

　　"责无旁贷！"分别后，魏万就着手整理李白的诗集。

第二十三章
≈≈

遇崔成甫　吴地思乡

　　李白与魏万分手后，继续漫游，来到金陵。李白故地重游，感受颇多，想想当年在这里散金三十万救济落魄书生的事，犹如尘封往事。短短几年，经历大起大落，却似过去百年。他信步来到当年与陈指南相识的酒馆。那酒馆还在，只是门脸更加破败，而酒馆的主人已经换成了一对中年夫妇。

　　李白独自找了一个角落的桌子坐下，许久，也没人来招呼他。他并不急着要酒，只是打量着店里店外。柜台后一名女子斜倚着看书，这与她那浓妆艳抹的形象不大相符。李白暗自沉吟叹息，也许她如自己一样吧，曾经是书香门第里的淑女，遭遇不幸沦落于此吧。人生祸福谁能预料，人生之不如意十之八九吧。这么一想，也就不再厌恶她那俗气的妆容了。

　　大约过了一炷香的工夫，那名女子才放下书本，抬起头，招呼李白："您要喝酒吗?"

李白转过头，朝她点点头，瞟了一眼放在柜台上的书，竟然是《谢灵运集》，不由得眼前一亮，重新打量这位女子。此时，这个女人脸上的妆容不再那么扎眼了，眉宇间透着灵气与书卷气。

"夫人也喜欢谢公文章？"李白问。

"我家丈夫爱不释手，久了，我也跟着读读罢了。"女人淡淡一笑，转身从酒架上端起一坛酒，走过来，放在桌上，回身又去找碗，"我见您是位文人，怎奈小店简陋，没有精致酒具，只有粗碗。"

"无妨。我可以见一见您的丈夫吗？"李白但凡遇到与自己有共同喜好的人都要结识一下，攀谈攀谈。

"您稍坐，他出去了，一会儿就回来。"说完，妇人转身又回到柜台，拿起书看了。

李白端起碗，小饮着酒，百无聊赖地望着街上的行人。大约是天气阴沉的关系，街上的人寥寥无几，很是萧条。

一会儿，一个男人走进来，手里托着钱袋，径直走到柜台前，把钱袋放下。

"安禄山要造反，朝廷又在前街抓人了。"男人说。

"又抓人？这金陵街哪还有青壮年了？"妇人问。

"年满九岁的男丁和七十岁以下老人全抓。"

"啊……"妇人摇摇头，一副无奈的神情。

李白一直端详着这个男人，觉得他的背影和侧身都有些眼熟，听这说话的语气，断定就是自己认识的人，于是问："可是崔成甫崔大人？"

男人此时转身一看，惊呼："呀，李太白学士！"说着，就大踏步走过来，两手紧紧握住李白的双手。二人都是喜出望外。

"真没想到会在这里见面！李学士是游历到此吗？"崔成甫问。

"正是。"李白答道。二人坐下来，崔成甫招呼那名女子："夫人，这便是太白学士呀。你不认得了？快给我们拿那副碧玉酒具，还有我自京城带回来的琼浆，我要与太白畅饮，不醉不归！"

女人急忙进了后院，不大一会儿就捧出玲珑剔透的酒壶和酒杯，还有香气扑鼻的美酒。

这崔成甫曾做过校书郎，李白在翰林院时多有接触，二人都喜欢谢灵运的风骨，十分投缘。

"崔大人何以至此？"李白尽管猜出几分，可还是环视着酒馆问。

"哎，不提也罢，贬官后，甚是无味，便辞职隐居这金陵旧街。我盘下这小店，不为赚钱，只为接待往来落魄同僚及文人。因为之前听说太白兄在此散金三十万救济落魄书生，所以选择了这家店。"

二人边说边饮，好不畅快。

> 我是潇湘放逐臣，君辞明主汉江滨。
>
> 天外常求太白老，金陵捉得酒仙人。

崔成甫随口吟了一首《赠李十二白》，接着说："谢公曾自夸'魏晋以来，天下的文学之才共有一石，其中曹子建独占八斗，我得一斗，自古至今，其他人共分一斗'。我看有唐以来，天下之才一石，李兄独占八斗，其他人共分二斗。"

"哎，成甫兄太高抬了，我哪敢那样自居，越谢公许多。"李白端起酒杯自饮而尽。

两个失意者互相欣赏，一起外出游玩，不计早晚。他们有时在秦淮河上泛舟，写诗唱歌，引得两岸人驻足观看，拍手助兴。李白还把崔成甫那写在布绢上的诗系在衣襟上，想起来便吟诵一番。

当然，李白也有回赠，即《酬崔侍御》：

> 严陵不从万乘游，归卧空山钓碧流。
>
> 自是客星辞帝座，元非太白醉扬州。

严子陵不愿意做汉光武帝的随从，回归富春江，醉卧空山，闲时在碧流上垂钓。我也像他那样客星辞帝座，回归江湖，并不是太白金星醉卧扬州。

与崔成甫相处后，李白又觉得找个地方隐居下来，不再四处游荡也不错。于是，他在友人的帮助下，在水边找到一处宅院住了下来，背山面水，清幽异常。有了固定住所，朋友们找他更容易了，一时间，小院里热闹非凡。每天都有文友前来唱和谈诗，或者结伴游玩。转眼到了冬季，万物呈现衰败迹象，人们的游兴锐减，李白的小院也渐渐冷清下来。

这天，正值十五，皓月当空，他独自一人来到夫子庙前，见文德桥边有座酒楼，就决定在这里歇一会儿。他登上酒楼，要了壶酒一边喝一边赏月。李白喜欢月亮，这是众所周知的。他望着圆月心里高兴，便多喝了几杯。到了半夜，他趁着酒兴，走到文德桥上，一低头，看见月亮掉到水中了，河水一动，月影就添了几条黑纹。醉意正浓的李白只当是月亮把河水弄脏了，他张开双手就跳下桥去捞月亮。谁知，这一跳，月亮没捞着，反而被他震成了两半儿。路过的人急忙下去把他扶上岸。

李白撩着湿湿的衣衫："我刚刚明明捞到了月亮。"

众人哈哈大笑，就合计着在文德桥边修个看台，就叫得月台。

回到家中，李白失眠了，呆呆地坐在床上睡不着。他出来两三年了，思念起家乡和家里的孩子，索性披衣坐起来。月光透过窗纸流泻进屋子，照到床前，仿佛地上升起了冷霜，再抬头看看正中天的一轮明月，他吟诵道：

床前明月光，疑是地上霜。

举头望明月，低头思故乡。

这首诗叫作《静夜思》，朗朗上口，很快便流传开来，甚至成了许多私塾里的启蒙诗歌。

他无比想念家里的三个孩子。他走的时候，伯禽已经到了婚配的年龄，夫人许氏跟他商议去哪家求亲。他却对村里的人一概不知，又忙着进山学道，只交代许氏看着好就行。哎，也不知道伯禽娶了哪家的女孩。想到这里，李白铺好纸笔，给两个孩子写信：

寄东鲁二稚子

吴地桑叶绿，吴蚕已三眠。

我家寄东鲁，谁种龟阴田？

春事已不及，江行复茫然。

南风吹归心，飞堕酒楼前。

楼东一株桃，枝叶拂青烟。

此树我所种，别来向三年。

桃今与楼齐，我行尚未旋。

娇女字平阳，折花倚桃边。

折花不见我，泪下如流泉。

小儿名伯禽，与姊亦齐肩。

> 双行桃树下，抚背复谁怜？
>
> 念此失次第，肝肠日忧煎。
>
> 裂素写远意，因之汶阳川。

吴地的桑叶已经绿了，吴地的蚕也眠了三次。我的家人寄住在东鲁，我家的田地谁来耕种？我想春天耕种已经赶不上了，乘船江行而返心里也茫然。南方的风吹着我的思乡之心，飞落在家乡的酒楼门前。楼的东边有一棵桃树，枝条高耸被青烟笼罩。这棵桃树是我栽种的，一别已经三年。桃树如今和酒楼一样高了，我却仍然未还。我的娇女名叫平阳，手折花朵倚着桃树盼我回家。折下桃花却看不见父亲，眼泪如泉水般流下。我的儿子名叫伯禽，已经和姐姐一样高了。他们并肩走在桃树之下，谁来抚背怜爱他们呢？想到这儿，心中七上八下，肝肠忧煎一天更甚一天。撕片素帛写下远别的心情，借此我仿佛回到了汶阳之川。

一夜未睡，李白在地上不断地徘徊，一会儿想到人生过半一事无成，一会儿想到家里的妻儿无人照顾十分可怜，胸中不免堵得喘不上气来。白天在街上看到一片大乱的景象，安禄山四处征兵，偌大的金陵几乎看不见青壮年了。偶有几个也不过是达官贵人，或如自己一样的落魄文人，一副气息恹恹的样子，全都像是在混日子等死。既然这样，莫如回家多陪陪妻子儿女。

　　这么想着，一大早，他就收拾行囊，准备回东鲁去。刚到得月台，就见一匹驿马朝着他跑来。

　　"太白学士，稍留步！"

　　驿卒跑得风尘仆仆。

　　李白停下来，知道是有自己的信件了。他朝驿卒拱拱手，道了辛苦。

　　"您的朋友孔巢寄来的，加急！"驿卒把信递给他。

　　加急?! 李白一怔，朋友之间来往信件，不是诗文唱和便是谈仙论道，大多是普通信件。这次颇感意外。他急忙拆开信件，看后不禁眼前发花，原来，信中讲他的夫人许氏已于一日前病逝了。看一看落款日期，夫人先逝已经过了四天了。

第二十四章

∽

千金买壁

  李白现在也比较窘迫了，之前已经把白马卖掉换了酒钱，只好步行上路。反正夫人的后事已经由朋友们帮忙料理，他觉得着急也没用，反而平静了许多。白天赶路，夜里投宿。

  不过，他已经没有赏景的心情了，因为沿途所见令人心中愤然。杨国忠一直在四处征兵，乡村街上已经少见青壮年。摊派到民间的税赋也骤然多起来，以至于家里仅剩的老弱妇孺也每天为了缴税辛苦劳作。所到之处，人人脸上都呈现土灰色，两眼无神，疲倦异常，似乎人与人之间连打招呼说话的力气都没有了。

  李白找到一家简易的客栈，也无心饮酒，只简单喝了碗汤饭，便躺在乌黑的硬板床上。他望着窗外灰蒙蒙的夜色，大脑一片空白。他就那么瞪着眼睛，什么也不想，什么也不做，却也一直睡不着。一直到了子夜时分，隔壁的捣衣声仍然没有停。那是女人们为被征的丈夫或者兄弟、儿子赶做衣服。李白起床，铺开纸笔，回想着这一年来的所见所闻，写了四首《子夜吴歌》：

春　歌

秦地罗敷女，采桑绿水边。

素手青条上，红妆白日鲜。

蚕饥妾欲去，五马莫留连。

夏　歌

镜湖三百里，菡萏发荷花。

五月西施采，人看隘若耶。

回舟不待月，归去越王家。

秋　歌

长安一片月，万户捣衣声。

秋风吹不尽，总是玉关情。

何日平胡虏，良人罢远征？

冬　歌

明朝驿使发，一夜絮征袍。

素手抽针冷，那堪把剪刀。

裁缝寄远道，几日到临洮？

秦地有位罗敷女，曾在绿水边采桑。素手在青条上采摘，阳光下她的红衣服格外显眼。她婉转地拒绝了太守的纠缠，说：蚕已饥，我该回去了。太守大人，且莫在此耽搁您宝贵的时间了。

镜湖方圆三百余里，到处开满了含苞欲放的荷花。西施在五月曾到过这里采莲，引得前来观看的人都挤满了若耶溪。西施回家不到一个月，就被选中进了宫。

长安城上一片月白，千家万户传来阵阵捣衣声。秋风吹不尽思妇们对于玉门关外的绵绵思念。何日才能扫平胡虏，她们的丈夫不再需要远征？

明天早晨驿使就要出发了，思妇们连夜为远征的丈夫赶制着棉衣。她们的纤纤素手连抽针都冷得不行，更不用说用那冰冷的剪刀裁剪衣服了。将裁制好的衣物寄向远方，不知道几时才能到达边关临洮呢？

李白赶回家中的时候，家中一切已经安排妥当。许氏已经不在，不免空空荡荡。他决定不再出去游历了，在家里好好陪陪孩子们。许氏生的儿子颇黎正是启蒙的时候。他沉下心，白天在田间耕种，晚上教孩子们读书。而长子伯禽已经能写诗文了，只是参加了两回乡试，也没考取秀才。李白不免沉吟：只怪自己失职，空有才华，孩子们却没有学到一分。他回想起当年父亲严格要求自己读书的情景，便找来经史子集，从头教起。

然而，他不想教平阳太多的诗文，只让她识得简单字，学几本启蒙书就好了，尤其不要读《诗经》。他不希望平阳像月圆那样，因为《孔雀东南飞》而惧怕婚配。他希望平阳像普普通通的女孩那样，顺利地嫁人，与丈夫过平凡的日子，哪怕就像这村里所有的农民那样男耕女织，有什么不可以？他平日也是这样叮嘱许氏的，让她教给平阳针线女红，甚至在田间劳作。而平阳也恰好对读书没什么兴趣，倒更愿意与鸡、鸭、羊等动物玩耍，完全不像他李白这位大诗人的子女，更谈不上李客那大富豪的后人了。

当然，李白是做不了好父亲的，三天不喝酒他便要发疯。他往往喝得醉醺醺地到了田边，倒在大树下睡着了，田里一片荒草丛生。在家的时候，他往往只顾自己写文章，只是草草布置一篇文章，叫两个儿子背诵。

过了不到半年，友人孔巢等人就写信约他去大梁（今河南开封一带）和宋州（州治在今河南商丘）。他看看孩子们，心想，还是得出去游历，寻找机会。现在国家动荡，安禄山起兵造反，其他边境也蠢蠢欲动，国家正是用人之际。这么想着，他便简单安顿了家里，去梁园赴约。

梁园是春秋时梁孝王建的住所，曾经非常富丽堂皇。然而，这次李白所见也是一片破败之景。平台的角多处破损，廊下青苔片片，空隙里蛛网纵横交错，古树的枝杈胡乱生长着，看上去像蓬头垢面的乞者。

现在的李白已经到了每喝必醉的程度，以至于不喝便不会写诗，也可以说是一种病了。老朋友相见，自然又是痛饮一番，很快就醉了。趁着酒兴，他挥笔在墙上写了一首《梁园吟》：

> 我浮黄河去京阙，挂席欲进波连山。
>
> 天长水阔厌远涉，访古始及平台间。
>
> 平台为客忧思多，对酒遂作梁园歌。
>
> 却忆蓬池阮公咏，因吟"渌水扬洪波"。
>
> 洪波浩荡迷旧国，路远西归安可得！
>
> 人生达命岂暇愁，且饮美酒登高楼。
>
> 平头奴子摇大扇，五月不热疑清秋。
>
> 玉盘杨梅为君设，吴盐如花皎白雪。
>
> 持盐把酒但饮之，莫学夷齐事高洁。
>
> 昔人豪贵信陵君，今人耕种信陵坟。
>
> 荒城虚照碧山月，古木尽入苍梧云。
>
> 梁王宫阙今安在？枚马先归不相待。
>
> 舞影歌声散渌池，空馀汴水东流海。
>
> 沉吟此事泪满衣，黄金买醉未能归。
>
> 连呼五白行六博，分曹赌酒酣驰晖。
>
> 　　歌且谣，意方远，
>
> 东山高卧时起来，欲济苍生未应晚。

我离开京城，乘船而下过黄河。船上挂起风帆，河中波涛汹涌，如山脉起伏。路程长，水遥远，饱尝远游之辛苦，才终于到达宋州平台，这里是古梁园的遗迹。在平台做客依然愁思不断，对酒当歌，即兴写一首《梁园歌》。想到阮籍的《咏怀》诗里"徘徊蓬池上""渌水扬洪波"句，深深感到长安与梁园远隔千山万水，想再重返长安的希望已经不大了。

人生要看得开，没什么可忧愁的。且登高楼边赏风景边饮美酒。身旁的平头奴子摇着扇子，炎热的五月就如同十月清秋一样凉爽。侍女端上盛满杨梅的玉盘，再端上如雪的吴盐。请君持盐把酒，喝个痛快，莫学周朝的伯夷和叔齐那样空自高洁。以前这附近有个信陵君，号称战国四公子之一，如今他的坟地却荒芜不存，成了百姓的耕地。现在的梁园，月光虚照，院墙颓败，只有古木参天。当时豪奢的梁园宫阙如今安在？当年的枚乘和司马相如等人也都一个个归去了。当时的歌舞都消散在这眼前的渌水中了，只剩下这汴水日夜东流到海不复回。吟到这里，我不由得泪洒衣襟，不能回到长安，只好以黄金买醉。或呼白喊黑，一掷千金，或分槽赌酒，以消磨时光。

我且歌且谣，暂以隐士自居，但仍然寄希望于将来。就像当年谢安东山高卧一样，一旦时机来到，再来济苍生也不晚呀。

李白在这里抒发情怀，把自己的打算也写在了墙上。

过了一天，这里来了一位有钱人家小姐，看到墙上密密麻麻的字，站在那儿盯着看了许久，再看落款，不禁有些惊呆了。

"小姐，我马上找水来擦掉。"看园人吓得急忙说，"是哪个不知死活的小子，敢在游园里乱写乱画。"

小姐摆摆手："不要擦掉。"

"不行呀！梁园的主人会骂我，并扣我工钱的。"看园人说。

"去把你家老爷找来，我要买下这面墙壁。"那小姐说。

看园人大张着嘴瞪了半天，心想：这位小姐买这块墙壁难道就是为了这上面的诗词？真是有病呀！写字的人有病，这小姐更是有病。但他一个下人也不敢多说，跑回去叫来游园的现任主人。那主人当然欣然接受了，这么一面破败的墙壁，只因被一个疯子写了首诗，就值千金，这可真是天上掉下个大便宜呀。收了钱，园主人问那看园人："能不能找到那写诗的人？请他再来写几首，把这破园子里的墙上全写上诗，我可以付他钱。"

看园人茫然地摇摇头："一群文人白天在这儿喝酒，喝完就散了，不知道去哪了。"

"你真白痴，快去给我打听。"园主人气急败坏地骂着。

等他打听到写诗的人是李白，可是李白已经不会再来墙上写诗了。那位小姐已经找到了李白和他的朋友们。这位小姐姓宗，是武则天时期宰相的孙女，才貌双全。经朋友们撮合，这位小姐便嫁给了李白，成为李白的第三任妻子。

第二十五章

≈≈

报国无门远别离

　　宗氏与李白一样，喜欢道法，二人常常谈论到天亮。开始，李白还担心宗氏像之前的妻子那样，不愿意让他出去漫游学道。现在，二人志同道合，他便提议："夫人，咱们是不是去拜会一下元丹丘等几位好友？"宗氏立刻就答应了。

　　于是，他们一同奔河南嵩山元丹丘住处。可巧，同样修道的岑勋也在元丹丘处。四人共论道法，当然李白也不忘谈一谈现在的国事。他的内心还是极想做一番事业的，尤其是这一路走来，看到征战前夕的混乱景象。李白有好几次想拔剑杀人，都被宗氏拦下了。

　　在开封郊外，二人走得口干舌燥，找了一家民舍讨水喝。李白上前去拍门，却迟迟没有人来开。

　　"想必是没人在家吧？"说着，他就推了推那破旧的木门。门开了，他们走进去，篱笆院里静悄悄的。他们走进屋里，见一位老婆婆坐在炕上，正在织补着炕席。

"老婆婆，我们是过路人，想讨碗水喝。"李白施了礼。

老婆婆急忙下地，捧来水罐，倒在黑碗里，递给他们："没有柴火了，喝点凉的吧。等我老伴回来砍了柴再给你们烧点热汤。二位坐在这里歇息吧，一会儿老头子领回粮食，还可以喝点粥饭。"

"领粮食?"李白诧异地问，"有官员来这里放粮了?"那一刻，李白的内心是兴奋的，因为他似乎看到了希望，朝廷终于知道民间的疾苦了。

"是啊，是啊，就是集市上。"老婆婆说，"你们去看看吧，说是京城来的挺大的官呢，是贵妃的哥哥亲自来放粮了。"

"杨国忠?"李白不禁惊异，"怎么会是他? 这种贪婪成性的家伙，恨不得把百姓的骨髓敲开刮干净，他能来做这等善事?"李白对妻子说："咱们去看看!"

他们来到集市，立刻察觉气氛不太对劲。集市中央竟然扎了个大营。高高的木排栏，有士兵把守，前面贴着标语，上写："领粮食到营里"。怎么放粮还需要扎个大营? 李白和妻子径直走过去，被士兵拦住了："女人不准进!"

"我是来领粮食的。"宗氏说。

"不行! 男人进去!"士兵不容分说，把枪一横，将宗氏推到一边。

李白独自进了军营，只见大营中间的确堆放着一些粮食，但是，并没有围来的领粮食的百姓。李白还在纳闷，就有两个士兵上来把他绑了，剑也没收了，拖到右侧的营帐里。那里面全是被捆绑的男人们。李白一下子明白了，这是借放粮之名抓壮丁呀，不由得气愤地跳脚大骂："你们这些畜生，打着放粮的旗号乱抓人！放我出去，放我出去！"

"吼叫什么？为国出征是无上荣耀的事，闭嘴！"士兵走过来用刀柄捣了他一下。李白就势抓住刀柄，只是一拉一推，士兵就向后退了几步，差点坐了个屁墩儿。士兵发现李白有点儿功夫，不敢嚣张了，怔怔地看着他。

"快放我出去，我是李白，翰林学士李太白！"

士兵急忙转身到正中间的大帐去报告。一会儿工夫，士兵就跑回来，一边道歉一边给李白松绑："对不起，学士大人。您大人大量，我们也是奉命行事。我只是一个小兵卒，混这点军饷养家糊口而已，您千万不要与我计较。"

李白一把夺过士兵递来的自己的宝剑，奔中央大帐而去："尔等鱼肉百姓作威作福的狗官，不去战场杀敌，只会祸害百姓，留着何用?！"

他刚一进帐，就见那位中军大人远远地作揖："哎呀，学士留情。时下社会混乱，人人难以生计，如果不是为了一家老小，谁愿干这样的缺德差事。当下杨家权倾朝野，谁敢惹呢?"

李白收回了剑，因为这位中军说中了他的心事，自己不也是没能斗过杨国忠、高力士等一帮恶人，被挤兑出朝野了吗?

"不要再抓了，适可而止吧。街上哪里还有青壮年，剩下的老弱妇孺如何生活？"李白说完，无奈地转身离开了营帐。

宗氏听了之后，也是一阵叹息："国将大乱，民不聊生啊！"

想想这一路行来所见，李白禁不住失声痛哭。元丹丘与岑勋也默默不语。他们均是空有一腔报国热情却不能得以施展，只好寄性情于修道炼丹之上，远离尘世与战乱。然而，他们知道，战争一起，生灵涂炭，任躲在多么隐蔽的深山也是不能幸免的。然而，当今圣上盲目听信贵妃娘家人一族。那安禄山的野心早就露出来了，四处招兵，蓄养军队，可是圣上哪里肯信？他整天在深宫里歌舞升平，哪里看得见人间的疾苦呀。

李白举起酒杯，仰望着远方的天空。每每感情到了最激昂的时候，他便会吟诵出空前绝后的诗句：

将 进 酒

君不见黄河之水天上来，奔流到海不复回。

君不见高堂明镜悲白发，朝如青丝暮成雪。

人生得意须尽欢，莫使金樽空对月。

天生我材必有用，千金散尽还复来。

烹羊宰牛且为乐，会须一饮三百杯。

岑夫子，丹丘生，将进酒，杯莫停。

与君歌一曲，请君为我倾耳听。

钟鼓馔玉不足贵，但愿长醉不复醒。

古来圣贤皆寂寞，惟有饮者留其名。

陈王昔时宴平乐，斗酒十千恣欢谑。

主人何为言少钱，径须沽取对君酌。

五花马，千金裘，

呼儿将出换美酒，与尔同销万古愁。

　　你没见那黄河之水从天上奔泻而下，波涛翻滚，直奔东海，一去不回。你没见那年迈的父母，对着明镜因为自己的白发而悲伤，早晨还是满头的青丝，傍晚就变成了一片雪白。人生在得意时应该纵情欢乐，不要让这金杯空对着明月。每个人生下来都自有他的用处，千两黄金散去还能够再得来。我们宰羊煮肉姑且作乐吧，一次痛饮三百杯。岑夫子、元丹丘，快喝吧，不要停下。我为你们高歌一曲，请你们来侧耳听。钟鸣馔食的豪华生活有什么好的，只希望长住在这醉乡永远不要醒来。自古以来圣贤多寂寞，只有那喝醉的人才能留传美名。陈王曹植当年设宴平乐观你可知道，斗酒万钱也豪饮，宾主尽情欢乐。主人呀，你为何说我的钱不多？你只管端出酒来让我喝。那名贵的五花千里马、价值千金的皮裘，都叫你的小儿拿去换美酒，我要和你们共同消解这万古愁。

　　李白心情不好，在元丹丘这儿没停几天就继续北行，二人去往幽州。

幽州太守元章是元丹丘的族兄，他接待了李白夫妇。

"素闻太白博学多才，谋略天下，正好，您来了，可以帮我治理军规军纪。哎，安禄山起兵直取中原是早晚的事，可是，军饷不足，士兵们伙食不好，兵力极弱，没什么斗志……"元章叹着气。

李白爽快地答应下来，决定留在这里为保卫国家出一份力。可是，宗氏不同意："国势衰微，奸人当道，你我一介平民，人单力微，不如我们一同去寻仙修道吧。"

"哎，夫人此言差矣。当今圣上只是一时被小人迷惑，国难当前，他会清醒的。何况，保家卫国是为了百姓的安宁，难道你认为国家落入胡人之手，百姓会更好过吗？"

"当然不好过，胡人所过之处无不屠城，但是……"宗氏也无法说服李白，因为她也觉得大丈夫应该有这样的气节，国家有需要当义不容辞。于是，她告别了李白，独自继续寻道之路。

李白留在元章的军营里，每天练习骑射，专门研习应对胡人的战术。为了迎战安禄山的入侵，他踏遍周围的山川河流，绘制了战势地图，与元章研究布兵排阵之法。只有这一时期，李白似乎换了一个人，他每天是那么精神饱满，觉得有做不完的事。这是他一生的追求，建功立业，实现人生价值。也许，他过去向往着在朝堂中做高官，掌控大局，有些太好高骛远了。恰恰从这边疆小军营里做起，才能一步一步地实现自己的理想。

在训练士兵时，他写了一首《幽州胡马客歌》：

> 幽州胡马客，绿眼虎皮冠。
> 笑拂两只箭，万人不可干。
> 弯弓若转月，白雁落云端。
> 双双掉鞭行，游猎向楼兰。
> 出门不顾后，报国死何难。
> 天骄五单于，狼戾好凶残。
> 牛马散北海，割鲜若虎餐。
> 虽居燕支山，不道朔雪寒。
> 妇女马上笑，颜如赪玉盘。
> 翻飞射鸟兽，花月醉雕鞍。
> 旄头四光芒，争战若蜂攒。
> 白刃洒赤血，流沙为之丹。
> 名将古谁是，疲兵良可叹。
> 何时天狼灭？父子得安闲。

居住在幽州之地的胡人，样貌十分奇特，他们长着绿眼珠，头上戴的是虎皮的帽子。他们十分喜好弯弓射箭，箭术之高，万人不能抵挡。他们弯弓成弯月的形状，白雁就落下了云端。唐军摇鞭，向楼兰进发，准备对胡人进行讨伐。可是，将领们没有好好分析战争局势，只知出门而不顾后果，只知报国而不顾士兵的生死。胡人将领像狼一样凶恶残暴。他们吃的是北海间养的牛马，像老虎一样以新杀的禽兽为食。他们虽然居住在燕支山，但不觉得朔雪的奇寒。在冰雪之中，妇女可以在马上谈笑，面色姣好，如同红润的玉盘。妇女们也有一身好本领，可以翻身射鸟兽，也能在雕鞍上驰骋。胡人的军队如明星般光芒四射，而唐军没有做好战前准备，打起仗来像一窝蜂一样乱窜。结果兵败了，战士的血空洒边漠。领兵的名将是谁？率领疲兵杀敌，真是让人感叹不已。什么时候才能消灭边境敌寇，使得中原的父子得以安闲？

第二十六章

≈≈

北风行南下敬亭山

唐军没有什么战斗力，眼瞅着一批批兵士送上去，归来者所剩无几。而驻地的官兵却对当地百姓横征暴敛。他们把一身的武艺全用在欺压老百姓身上了，一见了胡人的军队便吓得屁滚尿流。

因为一次败仗，元章被斩了。朝廷又派了一个庸庸碌碌的太守，整天东躲西藏，挖地道、转运财宝，做好了胡人一来便立刻逃跑的准备。李白万分失望，在一个大雪纷飞的早晨，什么也没说，离开了军营。

走在街上，随处可见妇人带着年幼的孩子向人打听前方的战势，打听自己的丈夫或者儿子。她们那无助的眼神、晦暗的神情，深深刺痛了大诗人的心。他知道，这些女人的丈夫、儿子不可能回来了。他痛恨安禄山的叛乱，痛恨唐玄宗的糊涂与只知享乐，挥笔写下了《北风行》：

烛龙栖寒门，光耀犹旦开。

日月照之何不及此，唯有北风号怒天上来。

燕山雪花大如席，片片吹落轩辕台。

幽州思妇十二月，停歌罢笑双蛾摧。

倚门望行人，念君长城苦寒良可哀。

别时提剑救边去，遗此虎文金鞞靫。

中有一双白羽箭，蜘蛛结网生尘埃。

箭空在，人今战死不复回。

不忍见此物，焚之已成灰。

黄河捧土尚可塞，北风雨雪恨难裁！

　　传说有一种烛龙栖息在寒门这个地方，它的眼睛就是太阳，张开眼就是白天，闭上眼就是黑夜。这里连日月之光都照不到啊，只有漫天的北风怒号。燕山的雪花如芦席那么大，一片片地飘落在轩辕台上。在这冰天雪地的十二月，幽州的思妇们在家中愁眉苦脸。她们倚着大门，望着来往的行人，盼着丈夫归来。她们的丈夫去长城打仗了，一直没有消息。长城那里是个苦寒要命之地，夫君你可要保重啊。想一想，丈夫临别时，手提宝剑，家里仅剩了一个虎皮的箭袋，里面装着一双白羽箭。箭上已结了蜘蛛网，沾满了尘埃。如今其箭虽在，箭的主人却永远回不来了。他已经战死在了边城啊！人都不在了，我怎么忍心天天看这物件？不如将其烧成灰呢。黄河虽深，尚可捧土填塞，只有这生离死别之恨，如同这漫漫的大雪铺天盖地，绵绵不断。

李白用留守妇女的口吻控诉战争带给人民的苦难。他一路南下，到了宣城，也就是现在的安徽一带。他在敬亭山耽搁了许多天，因为听说玉真公主在敬亭山出家了，而且还与自己有关。

当年，他递上辞呈要求离开京城漫游，唐玄宗丝毫没犹豫就答应了。为了表示对他这个人才的珍惜，还给了一大笔钱，以便让他衣食无忧。

玉真公主听说之后，上殿去劝阻唐玄宗："似李白这样具有旷世之才的人，万不可轻言放弃呀。虽然国家处于盛世，但仍需要济世之人，圣上应该诚意挽留。"

唐玄宗摊摊手："我也甚是喜爱太白诗词，可惜人各有志，他一心修道。如果他能在道法上有所建树，如司马承祯那样，对弘扬道法也算是有所贡献。"

玉真公主见劝说无望，十分生气："既然这样，舍妹也请求出家，专心修道。"

唐玄宗拿她也没有办法，因为玉真公主一向喜欢道法，便没太阻拦。玉真公主一气之下跑到宣城敬亭山出家了。

到了敬亭山，李白才知道玉真公主为什么要选择在这里出家了。

秋登宣城谢朓北楼

江城如画里，山晚望晴空。

两水夹明镜，双桥落彩虹。

人烟寒橘柚，秋色老梧桐。

谁念北楼上，临风怀谢公。

李白一到宣城，就受到了热情的款待。除了他的从弟宣城长史李昭，宣城太守宇文等人也热情相邀。他们在敬亭山下的谢朓楼设宴款待李白，席中喝酒唱和。李白被他们的热情及山中景色所吸引，写了这首诗。他赞美敬亭山：江边的城池像在画中一样美丽，山色渐晚，登上谢朓楼远望晴空。在两条江之间，有一潭湖水像镜子一样明亮，江上两座桥仿佛天上落下的彩虹。橘林和柚林中笼罩着炊烟。秋色苍茫，梧桐也显得衰老了。除了我还会有谁在这儿怀念谢先生呢？

这位谢朓是谁呢？前面我们讲过，李白的偶像是谢灵运。那么这位谢朓也是南朝时非常有名的山水诗人，与谢灵运并称"大谢小谢"。当然，他是小谢啦。他与谢灵运同族，曾经在宣城做过太守，还建了楼，后人称作谢朓楼。谢朓出身名门望族，年少时又非常努力，所以在很小的时候就以创作山水诗而出名了。当年的沈约称赞他的诗"二百年来无此诗"。梁武帝更是崇拜得不得了，说"三日不读谢朓诗，便觉口臭"。可见他的诗是多么清新、干净。李白非常喜欢谢朓的诗，有十二首诗里都提到过谢朓。他实在太喜欢谢朓了，也喜欢敬亭山这个地方，尤其是这里有情投意合的兄弟和朋友，于是他有了一个想法。"昭弟，我想在这敬亭山下建房子，把你的嫂子和侄儿们全接过来。"他对李昭说。

"好啊，我马上命人帮你去买木材，盖房舍。"说着，李昭就找来人，招来工匠，在敬亭山下的一处村边盖了一处院舍。李白急忙写信寄回东鲁，叫伯禽和妻子宗氏一并搬来。

至此，全家人总算能开开心心地待在一起，享受天伦之乐了。李白想：如果能在这样山水明秀的地方与家人长相守不也是人生大快事吗？他与家人摆宴席招待朋友们，请来了从弟李昭和宇文太守。

他还写信给远在湘阴的好友崔成甫：

> 我家敬亭山，辄继谢公作。
>
> 相去数百年，风期宛如昨。
>
> 登高素秋月，下望青山郭。
>
> 俯视鸳鸯群，饮啄自鸣跃。
>
> 夫子虽蹭蹬，瑶台雪中鹤。
>
> 独立窥浮云，其心在寥廓。
>
> 时来一顾我，笑饭葵与藿。
>
> 世路如秋风，相逢尽萧索。
>
> 腰间玉具剑，意许无遗诺。

壮士不可轻，相期在云阁。

我住在敬亭山下，效仿谢公作诗。相差数百年，他的风度像是昨天一样没变。登上高处仰望秋月，俯视着青山和城郭。那鸳鸯成群，或饮或啄，鸣叫着、跳跃着。你虽然政治上不顺利，但仍然独立出众，像瑶台雪中起舞的仙鹤。您独自眼望浮云，您的志向在那寥廓的长空。您时常来看望我，欢快地一道吃着粗茶淡饭。这世道像秋风一样萧索。我们都遭受了冷落。我们永远不会忘记彼此的承诺，像那玉具剑的故事。你我都是当今壮怀之士，不可被人轻觑，希望能在那云台高阁再会面。

这天，李白收到一封信，信封上的字迹非常陌生。他拆开一看，信上写着：我是皖南泾县的汪伦，隐居在此。您不是喜欢游玩吗？我们这里有十里桃花。您不是喜欢喝酒吗？我们这里有万家酒馆。

李白立刻收拾行囊奔泾县而去。可是，李白到了泾县四处张望，找了半天也没找到十里桃花，更别说万家酒馆了。李白还是头一次被骗呢，不禁有些发蒙。

正在这时，一位农夫打扮的人走上前来说："李白先生，见到您真是太好啦，我就是汪伦。"见李白仍然一脸懵懂，他继续说，"我信里说的十里桃花，是指十里之外的桃花潭。而万家酒馆，不是一万家酒馆哦，是一个姓万的人开的酒馆。"

　　李白一听哈哈大笑，随着汪伦到了他的家里。汪伦叫妻子做了饭菜，还特意把自己酿的好酒拿出来招待李白。这里民风淳朴，李白很快就跟乡亲们都熟了。这家待一天，那家吃一顿，家家都拿出最好的酒菜款待他。不知不觉，半个月过去，李白觉得要离开了。

　　但是，依他对汪伦的了解，汪伦肯定会热情地再留他，盛情难却，就走不成了。于是，他悄悄地约了船家，坐上船。正在船要开动时，汪伦和乡亲们追了过来，在岸上手拉手唱起了歌，用脚踏着节奏。李白感动得眼睛立刻湿润了，不由自主地吟道：

　　　　李白乘舟将欲行，忽闻岸上踏歌声。
　　　　桃花潭水深千尺，不及汪伦送我情。

第二十七章

安史之乱　避居庐山

　　李白已经没有了报国的激情，现在全国上下被战乱弄得民不聊生。他们一家也是四处躲避。离开宣城后，他们先后到了梁国，但又恰逢安禄山的军队到了陈留、洛阳。他们只好避居到庐山。

　　庐山真是一个绝美的地方，绵延的山峰，山间岩洞十几座。水在河谷中流淌，形成许多急流和瀑布。李白和夫人闲来无事便进山游历。他被那飞流而下的瀑布震撼了，写道：

> 日照香炉生紫烟，遥看瀑布挂前川。
>
> 飞流直下三千尺，疑是银河落九天。

　　他用了夸张的手法写瀑布的湍急和高以及落下时那震耳欲聋的响声。

　　就在他们躲于深山中时，外界已经发生了翻天覆地的变化。那就是让唐王朝由盛世转向衰败的安史之乱。

安史之乱即安禄山、史思明发动的叛乱。唐天宝十四载（755年）十一月，平卢、范阳、河东三镇节度使安禄山以诛杨国忠为名，在范阳（今北京）起兵叛乱，击败唐军，迅即于灵昌（今河南滑县西南）渡黄河，攻下洛阳。次年，安禄山在洛阳称帝，国号燕。六月，叛军破潼关，进入长安。同时，部将史思明击败平原、常山等地的反抗，占有河北广大地区。

安史大军到了长安城外，唐玄宗只好带着贵妃、皇子、皇孙、公主、杨国忠等人从延秋门逃走，一路逃到了马嵬坡。

由于临时出逃，没带足粮食，此时已人困马乏。饥苦不堪的将士们坐在树下，个个口干舌燥。将士陈玄礼气愤地说："说安禄山可恼，如果不是杨氏一门太过嚣张，贪婪无度，作乱朝廷，怎么会让外族钻了空子？"

"没错，自古红颜祸水，全是杨门一家的罪责，毁了整个大唐。"人们这样商议着，找到太子李亨："不杀杨国忠，国无翻身之日。"

太子李亨低头沉思："他毕竟是贵妃的哥哥，当朝国舅。"

正在这时，只听营外大乱，有人喊着："杨国忠与胡虏谋反！"

原来，有二十多个吐蕃人因为太饿围堵杨国忠和他的亲随，就有人趁机放出这句话。不容分说，太子一声令下，将士们便抓住杨国忠，杀死后将其肢解，用枪挑着杨国忠的头竖在驿站门口。紧接着，不等杨氏族人反应过来，将士们就冲进驿站把杨贵妃的姐姐韩国夫人、秦国夫人，连同杨国忠的妻子、儿子等一并杀死了。之后，将士们进了唐玄宗的大帐："请皇上下令赐死贵妃，否则军心涣散，江山不保。"

唐玄宗含泪看着杨贵妃，怎么也下不了旨。

"请皇上快快下旨吧。"高力士前来劝道，"江山要紧。"

唐玄宗只好下令，让杨贵妃在佛堂自尽。杨贵妃哪肯自己上吊呀，最终还是被人拖着吊上房梁。

之后，众人护着唐玄宗逃到蜀地避难去了。因为他不走也不行了，太子李亨在众人的推举下正式登基，号为唐肃宗。李亨登基后立刻封郭子仪为兵部尚书，与李光弼二人奉旨讨伐叛军。二人很快便击败安禄山、史思明，收复了河北。

过了四五个月，河南等大部分土地也陆续收复了。此时，不知道为何，安禄山竟然失明了，性情变得异常暴躁，稍不如意，就对身边的侍从打骂，甚至杀戮。称帝之后，他就很少与诸将议事了，都是通过严庄转达。有位叫李猪儿的宦官最受安禄山宠爱，一直陪在他身边帮他穿衣服。这李猪儿原本是契丹百姓，被抓来后，安禄山硬是给他净身，把他留在身边伺候自己。李猪儿内心恨死了安禄山。一日，李猪儿与安庆绪合谋杀死了安禄山。

安庆绪继承帝位后，就开始找机会除掉史思明。史思明见形势不妙，就向朝廷递交降书，愿意交出所领十三个郡八万兵。但是，他私下仍然招兵买马，唐肃宗觉察到了他的意图，立刻策划如何消灭他。史思明得知后，立刻起兵再次叛乱，回去把安庆绪杀了，自己当上了大燕皇帝。没想到，过了两年，他被自己的儿子史朝义杀了。后来，史朝义被唐军追击，无路可逃，在林中自缢。至此，历时七年的安史之乱彻底结束。

　　但是，唐王朝并没有回归太平盛世，那种盛世已经一去不复返，整个国家更加混乱了，百姓生活雪上加霜、更加艰难。

　　安史之乱期间，李白与夫人一直隐居在庐山。但是他时刻关心着国家的安危，曾经写诗表达自己对于杨国忠南征的想法，即《书怀赠南陵常赞府》：

> 岁星入汉年，方朔见明主。
> 调笑当时人，中天谢云雨。
> 一去麒麟阁，遂将朝市乖。
> 故交不过门，秋草日上阶。
> 当时何特达，独与我心谐。
> 置酒凌歊台，欢娱未曾歇。
> 歌动白纻山，舞回天门月。
> 问我心中事，为君前致辞。
> 君看我才能，何似鲁仲尼？
> 大圣犹不遇，小儒安足悲。
> 云南五月中，频丧渡泸师。

> 毒草杀汉马，张兵夺云旗。
>
> 至今西二河，流血拥僵尸。
>
> 将无七擒略，鲁女惜园葵。
>
> 咸阳天下枢，累岁人不足。
>
> 虽有数斗玉，不如一盘粟。
>
> 赖得契宰衡，持钧慰风俗。
>
> 自顾无所用，辞家方来归。
>
> 霜惊壮士发，泪满逐臣衣。
>
> 以此不安席，蹉跎身世违。
>
> 终当灭卫谤，不受鲁人讥。

木星下凡落入人间的时候，正是汉朝，那一年，东方朔正侍奉着汉武帝这位英明的君主。我待诏翰林时也像东方朔一样，调侃嘲笑过其他大臣们，因此被逐出朝堂，而不能享受君恩。一旦离开翰林院，就与朝廷没有关系了。交好的朋友不再登门，秋草长满了门前的台阶。而您却如此通达，仍然与我交往。这次来又在凌歊台置办酒席，从相见开始，欢快的心情就没停止过。歌声震动了白纻山林，欢快的舞蹈像是缠绕着天门山月。您问我心中有什么烦恼事，我就细细说给您听吧。您看我的才能，与鲁国的孔子是不是有些相似？像他那样的大圣人也未能遇到相知的君主，我这小儒没被重用有什么可悲的呢？前不久，云南夏季五月，朝廷的渡泸之师频频覆灭。有毒之草毒杀了战马，敌军夺走了唐军的战旗。时至今日，河中仍然拥积着将士的尸体。朝廷的将领没有当年诸葛亮七擒七纵的谋略，百姓只能像鲁女惜葵那样担心国难不得生息。长安作为京都，天下的中心，几年来百姓却总是吃不饱。虽然那里有许多珍馐美味，到这里却不如一盘米粟。幸好有像古代贤人契那样的宰相，秉持着国政，慰藉风俗。我看自己无所用世，辞家出游到现在也没回去。惊叹着壮士们鬓发如霜，泪水常常流满逐臣的衣衫。因此我睡不安稳，虚度光阴，经历坎坷，令人伤心。我终究要消除时人的诽谤，不再受他人的讥讽。

第二十八章
〰

永王东巡

就在李白向好友表明心志的时候，他接到了邀请信，那是永王李璘的邀请信。

杨氏一门被诛杀后，太子登基，皇族打算逃到蜀地避难，百姓们不赞成，劝说："您的宫殿在这里，您祖宗的坟墓也在这里，您怎么可以舍了不管？要去哪里呢？"

唐玄宗仍然辩解："只要一息尚存，再图他日卷土重来。"

"您走也可以，一个人走，太子要留下来，收复长安。如果你们都走了，丢下老百姓怎么办呢？"人们执意要太子留下来。

"我也要走，跟随父皇侍奉于他，现在他身边再没别人了。"太子李亨说。

"弃百姓不顾，又有何面目面对圣祖太宗？"百姓们急了，对于这样懦弱又没有担当的君王万分失望。

太子见众意难违，只好留下来，由众将护着退到灵武，在那里正式登基，继续平定叛乱。

玄宗在离开之前稍稍做了部署：他安排十六子永王李璘任山南东路、岭南、黔中、江南西路四道节度使，让他保卫东南。但是肃宗害怕他在江南立了功与自己抢皇位，便命令他回川，去照顾太上皇玄宗。永王李璘很生气，没有听命，还是一路东巡，到达了庐山。在这里，接到别人转来的李白写给新任宰相的诗。

在安史之乱爆发的时候，李白对国家心急如焚，写了诗《赠张相镐》送与张相镐，希望得到重用。他这样写道：

> 本家陇西人，先为汉边将。
>
> 功略盖天地，名飞青云上。
>
> 苦战竟不侯，富年颇惆怅。
>
> 世传崆峒勇，气激金风壮。
>
> 英烈遗厥孙，百代神犹王。
>
> 十五观奇书，作赋凌相如。
>
> 龙颜惠殊宠，麟阁凭天居。
>
> 晚途未云已，蹭蹬遭谗毁。
>
> 想像晋末时，崩腾胡尘起。
>
> 衣冠陷锋镝，戎虏盈朝市。
>
> 石勒窥神州，刘聪劫天子。
>
> 抚剑夜吟啸，雄心日千里。

> 誓欲斩鲸鲵，澄清洛阳水。
> 六合洒霖雨，万物无凋枯。
> 我挥一杯水，自笑何区区。
> 因人耻成事，贵欲决良图。
> 灭虏不言功，飘然陟蓬壶。
> 唯有安期舄，留之沧海隅。

我本是陇西人，祖先是汉边将李广。李广功绩谋略盖天地，英名高飞青云之上。艰苦百战竟然没有封侯，少壮时颇为惆怅。世传崆峒山的人非常勇猛，气激云霄。李广的子孙传承了他的勇猛，历经百代，这种精神也没有改变。我十五岁就阅读了大量奇书，作赋凌驾于司马相如之上。曾经获得皇上的殊宠，在麒麟阁上遥望天子的宫殿。然而晚年坎坷，命运多舛，被奸人谗言所害。现在国家的情况与晋末有点类似，胡尘四起。衣冠富豪们陷于刀光剑影之中，胡虏充溢着朝廷。安禄山窥视着神州大地，又像刘聪一样劫持了天子。我常常在夜里抚剑吟诵，雄心不已。我发誓要斩除害人的鲸鲵，澄清洛阳河水，让海内六合遍洒甘霖，万物欣欣向荣，不再枯萎。我笑着挥一杯酒，自己是什么啊？竟然不自量力以天下为己任。我耻于依靠别人的力量来做成事情，最重要的是先有打算在胸。不要谈论灭虏的功劳，完事后我就会飘然离去。只是像安期生那样，把玉鞋留在沧海的一角。

永王李璘早就听过李白的大名，立刻写信邀请他来做自己的帮手。

然而宗氏不同意："你我无力回天，不如潜心修道。""我听说永王德行敦厚，将来定是一代圣主明君，就最后搏一次。"李白不甘心。

宗氏身世坎坷，祖父为武后时期宰相，后被贬官，历经波折，对于俗世无所眷恋。她见李白仍然一心为国，也不再说什么，独自去大庐山出家，专心修道去了。

李白心中异常失落，宗氏与他志趣相投，本身也是才华横溢，二人不仅是夫妻，更是精神上的知己。他独自来到敬亭山脚下，想到一家人曾在这里快乐无忧地生活，那种与世无争的安宁……他转而又想：这次投身永王，不正是为了让那种安定的生活永远继续下去吗？他独自坐在敬亭山思考良久，吟道：

众鸟高飞尽，孤云独去闲。

相看两不厌，只有敬亭山。

他想着等战争结束，国家安宁，还是回到敬亭山生活，或者像玉真公主那样进山出家。然而，他这一愿望再也没有机会实现了。

他兴致勃勃地跟随着永王东巡，作诗记录下了整个过程及自己的美好愿望。

永王东巡歌

其　　一

永王正月东出师，天子遥分龙虎旗。

楼船一举风波静，江汉翻为雁鹜池。

其　　二

三川北虏乱如麻，四海南奔似永嘉。

但用东山谢安石，为君谈笑静胡沙。

其　　三

雷鼓嘈嘈喧武昌，云旗猎猎过寻阳。

秋毫不犯三吴悦，春日遥看五色光。

其　　四

龙盘虎踞帝王州，帝子金陵访故丘。

春风试暖昭阳殿，明月还过鳷鹊楼。

其　　五

二帝巡游俱未回，五陵松柏使人哀。

诸侯不救河南地，更喜贤王远道来。

其　　六

丹阳北固是吴关，画出楼台云水间。

千岩烽火连沧海，两岸旌旗绕碧山。

其　　七

王出三江按五湖，楼船跨海次扬都。

战舰森森罗虎士，征帆一一引龙驹。

其　　八

长风挂席势难回，海动山倾古月摧。

君看帝子浮江日，何似龙骧出峡来。

其　　九

祖龙浮海不成桥，汉武寻阳空射蛟。

我王楼舰轻秦汉，却似文皇欲渡辽。

其　　十

帝宠贤王入楚关，扫清江汉始应还。

初从云梦开朱邸，更取金陵作小山。

其十一

试借君王玉马鞭，指挥戎虏坐琼筵。

南风一扫胡尘静，西入长安到日边。

永王出师东巡，天子给他龙虎之旗委以重任。永王的楼船所过之处，波涛汹涌的长江和汉水，顿时风平浪静。

北方的胡虏在三川一带纷乱如麻，中原地区的人民争相南奔避难，似晋朝的永嘉之难。如果起用东山谢安石来辅佐平叛，一定能在谈笑中就扫清胡沙了。

鼓声如雷，嘈杂声喧动着武昌，旌旗猎猎，一路过了浔阳。所过之处秋毫无犯，三吴之地的人民都跳跃欢迎，呈现出一派祥瑞气氛。

钟山龙盘，石城虎踞。金陵果然是帝王之州。如今永王来访金陵旧迹，春风吹暖了旧苑中的昭阳宫，明月高高地照耀着鸩鹊楼。

太上皇和皇上外巡都还没回到长安，诸先帝的陵寝松柏蒙受着胡尘而使人悲哀。各路诸侯都不来救河南，欣喜的是有贤王率兵远道而来。

丹阳的北固山就是古来的吴关，江边的楼台隐映于云水之间。如今胡虏的战火已燃及沧海，永王大军东巡的旌旗在大江两岸围绕，飘扬在碧山之间。

永王的大军出巡三江，按兵五湖，楼船出征跨海行至扬州。战舰森森地站满了勇猛的兵士，战船满载着征战的良马。

长风吹着船帆，一往无前，军威所到之处海动山倾，誓摧胡虏。看永王率兵浮江而下，多么像当年晋朝的龙骧将军出峡伐吴呀。

秦始皇想浮海却造桥不成，汉武帝在浔阳射蛟也是空忙一场。我家贤王的楼舰是为平叛而来，其举可轻秦汉，最像当年太宗渡海伐辽。

皇帝宠爱贤王命其入楚关，扫清江汉地区就凯旋。先在云梦驻扎，再在益陵取钟山做王苑中的小山。

试借我君主所赐的玉马鞭一用，我坐在琼筵上为君指挥平叛。南风所向，将胡尘一扫而光，然后西入长安，胜利归朝，朝见天子。

　　肃宗听说永王没听他的命令，仍然东下，而且还到了金陵，大有占领金陵的趋势，急忙派重兵前来围剿。别看唐朝皇家军队对付叛军力不从心，打起自己人来可如狼似虎。没过多久，永王的军队就被打败了。永王也在逃跑中被追兵杀死了。李白被俘，投在浔阳监狱里。李白的一腔热血没有持续多久，只在几首《永王东巡》中就结束了。这真是对他的爱国热情的无情讽刺呀。

第二十九章

~~~~

流放夜郎

当时有很多人被关进狱中，李白在诗里写道：邯郸四十万，同日陷长平。

一下子多了这么多罪犯，监狱一时半会也吃不消。无名的兵士们直接给狱卒点钱也就放了，有的随便编个理由也就放了。宗氏在庐山修道，哪里放得下李白呀？听说他被抓进了监狱，急急忙忙下了山，找到当时负责清点罪犯、审判罪犯的御史中丞宋若思。

"宋大人，您一向与家父谙熟，又知道李白本是一腔报国热忱，哪料到会卷入这皇权争斗中。他完全是糊里糊涂犯了罪呀。"宗氏哭着说。

宋若思一向敬重李白的才华，叹了口气："我且把他请进府里，好生相待，不让他受到狱卒们的压榨，至于释放的事还要等待时机。这毕竟是当今圣上的旨意。"

宋若思说到做到，把李白请进了府里。

大约过了半年光景，宋若思满面春风地对李白说："太白兄怕是好事要来了。当今圣上收复了长安，回京之后定会大赦天下，到时候我会向圣上举荐您。"

李白此时已经心灰意冷，轻轻地摇摇头："但求放任山水，做个自由的山村闲人。不知道圣上是如何收复长安的？"

宋若思忽然脸色阴沉，摇着头："哎，其实也不算收复，只是朝廷付出了巨大的代价，依靠着回纥的力量，打败了叛军。"

"回纥一心想瓜分大唐天下，怎么会来支援？"李白纳闷地问。

"皇上答应回纥，打开长安城的时候，土地和达官贵人归唐，金银布帛和壮丁、妇女归回纥。这像什么话吗！"

"啊，这等耻辱的交易也做？！这不是等于抛弃了千万百姓吗？难道大唐只是达官贵人、有钱人的大唐？！"李白气得浑身发抖，"如此无情无义的君主，侍他何用？"

宋若思也只有叹息。

第二年，圣上下旨，要将李白等人流放夜郎。这意味着一生流放，永远不准回家乡。

杜甫曾被叛军捉去，好不容易逃出来，回到长安，被肃宗授了右拾遗的官职。当听到李白被流放夜郎时，杜甫失声痛哭。他原以为会听到李白回长安，重新被重用的消息，没想到会是这种永不回还的结局。杜甫流着泪写下了：

不　见

不见李生久，佯狂真可哀！

世人皆欲杀，吾意独怜才。

敏捷诗千首，飘零酒一杯。

匡山读书处，头白好归来。

李白流放启程这天，宗夫人的弟弟前来送别，场景十分凄惨。此时，李白已经五十七岁了，两鬓花白，满脸沧桑，步履也有些踯躅。宗景看着他的背影不免一阵揪心。李白变得寡言少语，不再那样意气风发，只是独自沉思。他有时候长长舒一口气，望着远方，目光迷离。唯有写诗的时候，他的眼神中才会有一些光彩，证明他的精神还是正常的，他的才情一点也没有消减。

行至江夏时，遇到在长安结识的朋友南陵县令韦冰。韦冰设酒宴，与他对饮，二人再次相见均是相对无语。世事多变，没想到，仅仅几年之间，彼此都已满脸愁容。李白挥笔写了《江夏赠韦南陵冰》：

胡骄马惊沙尘起，胡雏饮马天津水。

君为张掖近酒泉，我窜三巴九千里。

天地再新法令宽，夜郎迁客带霜寒。

西忆故人不可见，东风吹梦到长安。

宁期此地忽相遇，惊喜茫如堕烟雾。

玉箫金管喧四筵，苦心不得申长句。

昨日绣衣倾绿樽，病如桃李竟何言。

昔骑天子大宛马，今乘款段诸侯门。

赖遇南平豁方寸，复兼夫子持清论。

有似山开万里云，四望青天解人闷。

　　人闷还心闷，苦辛长苦辛。

愁来饮酒二千石，寒灰重暖生阳春。

山公醉后能骑马，别是风流贤主人。

头陀云月多僧气，山水何曾称人意。

不然鸣笳按鼓戏沧流，呼取江南女儿歌棹讴。

我且为君捶碎黄鹤楼，君亦为吾倒却鹦鹉洲。

赤壁争雄如梦里，且须歌舞宽离忧。

　　胡人的战马骄横地奔跑，惊起沙尘，时局如此艰险，胡人在京师内饮马。您为远赴张掖近酒泉，我被流放来到三巴路程九千里。天地再新也于事无补了，流放的人只能携带一身寒霜回去。想起西方的老朋友不可相见，东风把我的梦带到长安与你相会。哪想在这里偶然相遇，惊喜之余又感到茫然。筵席上玉箫金管喧闹不已，心情苦涩难以用七言长句表达。昨天绣衣侍御绿樽频频，我却像得了病一样不想言语。从前，天子恩赐大宛马逍遥而行，如今骑着劣马步履艰难地奔走侯门。幸好遇到了南平太守李之遥心胸豁达，再加上夫子您的高谈清论。像青山顶上拨开了万里云雾，眺望青天烦闷尽除。人闷最终还是心闷，辛苦依旧是辛苦。愁肠袭来饮酒二千石，渴望死灰复燃重生阳春。效仿晋人山简常常喝醉仍能骑马出行，这也是一番风流吧。头陀寺的云月带着一股子僧气，这样的山水怎么能如人心意？要不然鸣筑击鼓相戏清流，呼唤江南儿女鼓棹高歌。我将为您捶碎黄鹤楼，您也为我翻倒那鹦鹉洲。三国时赤壁争雄如梦中之事，还是边歌边舞抛掉离别的忧愁吧。

诗中充满愤恨，比如"我且为君捶碎黄鹤楼"一句，表达了诗人心中的愤懑。有个叫丁十八的人看了这首诗，不知道缘由，认为李白太狂妄了，觉得他是嫉妒崔颢写的《黄鹤楼》。传说当年李白游历到黄鹤楼，兴致大发刚要提诗，看到崔颢的诗了，觉得自己怎么也写不出崔颢那么好的诗，便留了一句：眼前有景道不得，崔颢题诗在上头。这回，诗里竟然就捶碎黄鹤楼。丁十八认为，李白肯定是写不出超越崔颢的诗才这么说的，弄得李白哭笑不得，只得又写了一首《醉后答丁十八以诗讥余捶碎黄鹤楼》：

> 黄鹤高楼已捶碎，黄鹤仙人无所依。
> 黄鹤上天诉玉帝，却放黄鹤江南归。
> 神明太守再雕饰，新图粉壁还芳菲。

一州笑我为狂客，少年往往来相讥。

君平帘下谁家子，云是辽东丁令威。

作诗调我惊逸兴，白云绕笔窗前飞。

待取明朝酒醒罢，与君烂漫寻春晖。

黄鹤楼已经被我捶碎了，黄鹤仙人无所依凭了。黄鹤飞上天去跟玉帝告状去了，玉帝把黄鹤流放到江南。神明太守再把黄鹤楼重新建起来，新画的粉壁芳菲犹闻。所有人都笑我是狂客，连你这个小小的少年也来讥笑我。我去君平帘下打探过，我知道你姓丁，你家祖先是汉朝辽东太守丁令威，是个神仙。你竟然在我面前写诗讥笑我，坏我酒兴。瞧瞧我这支笔，笔尖能生花，白云绕着笔尖窗前飞。等我明天酒醒了，写一首诗给你看看，再与你一起寻找诗中烂漫的春晖。

走到三峡的时候，流放的队伍在三峡白帝城停了几日，因为近几天风浪比较大，天气也阴晴不定，船家们都不敢出船。李白在这里写了几首三峡的诗，除此之外也无事可做。

这天，刚吃过饭，其他流放的兵士们斜倚在临时营帐里昏昏欲睡。不知道走到哪就会死掉的人还能对什么感兴趣呢？只有李白一会儿作首诗，一会儿发发感慨，见怪不怪，没人理会他。

李白漫步到江边，望着浑浊的江水，心中思绪万千。

突然远处有马飞奔而来，是信使，边跑边喊："太子新立，大赦天下！"

一只脚踏进地狱的人们立刻精神为之一振。大家欢呼着扔着手里的旧帽子、旧鞋子。李白也如重获新生一般，乘着船东下到江陵。在船上，他兴奋地吟诵了一首诗《早发白帝城》：

> 朝辞白帝彩云间，千里江陵一日还。
>
> 两岸猿声啼不住，轻舟已过万重山。

李白心情多么喜悦呀！前一阵还因为风大浪急，船只无法行驶，这么一会儿，船就轻悠悠地驶过万重山了。

接下来，去哪呢？他想来想去，决定去金陵崔成甫那儿盘桓几天。

金陵仍是旧样子，似乎更加破败了。然而崔成甫已经不在人世了。那家酒馆又换了新的主人。李白以病态的身体在金陵城里待了几天，登上凤凰台，不由得感慨万千，写了一首《登金陵凤凰台》：

> 凤凰台上凤凰游，凤去台空江自流。
>
> 吴宫花草埋幽径，晋代衣冠成古丘。
>
> 三山半落青天外，一水中分白鹭洲。
>
> 总为浮云能蔽日，长安不见使人愁。

凤凰台上曾经有凤凰来游玩，凤去台空只有江水依旧向东流。吴宫的花草埋着荒凉的小路，晋代多少王族已经成了荒冢古丘。三山隐在云雾中，江水被白鹭洲分成两条河。总有奸臣当道犹如浮云遮日，望不见长安，使人心中郁闷忧愁。

李白已经想到自己这辈子不可能再回到长安了，因为此时自己的身体已经羸弱多病。离开凤凰台，他真的病了，每天昏昏欲睡，几次都栽倒在路边。他只好转去宣城当涂投奔叔叔李阳冰。

第三十章

≈

病逝于当涂

李阳冰是李白的族叔，在当涂县做县令。李阳冰最有名的还是篆书艺术，在当世堪称大家。李白与李阳冰平时也有诗词唱和，李白曾写过一首赞美他篆书的诗：

献从叔当涂宰阳冰

金镜霾六国，亡新乱天经。

焉知高光起，自有羽翼生？

萧曹安屼岋，耿贾摧欃枪。

吾家有季父，杰出圣代英。

虽无三台位，不借四豪名。

激昂风云气，终协龙虎精。

弱冠燕赵来，贤彦多逢迎。

鲁连善谈笑，季布折公卿。

遥知礼数绝，常恐不合并。

惕想结宵梦，素心久已冥。

顾惭青云器，谬奉玉樽倾。

山阳五百年，绿竹忽再荣。

高歌振林木，大笑喧雷霆。

落笔洒篆文，崩云使人惊。

吐辞又炳焕，五色罗华星。

秀句满江国，高才揽天庭。

宰邑艰难时，浮云空古城。

居人若薙草，扫地无纤茎。

惠泽及飞走，农夫尽归耕。

广汉水万里，长流玉琴声。

雅颂播吴越，还如泰阶平。

小子别金陵，来时白下亭。

群凤怜客鸟，差池相哀鸣。

各拔五色毛，意重泰山轻。

赠微所费广，斗水浇长鲸。

弹剑歌苦寒，严风起前楹。

月衔天门晓，霜落牛渚清。

长叹即归路，临川空屏营。

光明正大的道路已经昏暗，皇帝的废立也不按天之常道了。难道不知道汉高祖和汉光武帝的崛起，是因为羽翼丰满了吗？萧何和曹参稳住了摇摇欲坠的国家，耿弇和贾复摧毁了那些毁坏国家的恶势力。您是我们家族的项梁季父，杰出的英豪。现在虽然没有宰相的高位，但神采奕奕。您二十来岁时从燕赵来，以德才闻名，许多人来逢迎您。您就像鲁仲连那样善于谈笑，像季布那样温和。现在，很多人不讲究礼节了，常怕与他们不合群。梦里常常忧思，纯洁的心地也受伤了。面对您这个青云人物，我常常感到惭愧，喝了您那么多美酒，真是过意不去。五百年前山阳的嵇康、向秀等人居住在这里的竹林中。现在，山阳的绿竹又茂盛起来了。您挥笔泼洒篆文，好像云崩裂一样让人惊讶。您吐辞鲜明华丽，如五彩的罗华星。您的秀丽诗句传遍大江南北，高妙的文才，天庭尽知。您却在这艰难的地方当一县之长，城内空空如也，居民像锄过的草一样少。您来以后，恩惠遍及所有的生灵，农夫们也陆陆续续回来耕种了。这万里长江的水上，流淌着您的琴声。高雅的颂乐传播吴越，直冲天空的星辰而去。我离别了金陵，来的时候大家在白下亭送我。像群凤可怜客鸟一样，大家为我鸣不平。每个人都赞助了我一点钱，钱不多但情义重于泰山。但是这点钱真的不够用啊，犹如舀一斗水去浇长鲸。我弹着宝剑高歌苦寒曲，寒风起于堂前的柱子。天要亮了，月亮衔在东方七宿中的室女座之间，秋霜落满牛渚。长叹一声，回家吧。面对着长江，我彷徨不决。

听了李白的讲述，李阳冰叹了口气，安慰说："不要想太多了，安心在这里养病吧。你这身体需要好好静养，我在采石矶有一所宅院，你去那里静心修养吧，回头我派人去把侄子侄女接来照顾你。"

就这样，李白被安排到采石矶居住。李白到了那里，每天登山望月，闲时与当地采石人聊一聊，日子过得无比清幽。

转眼到了冬天，寒气袭人。李白这天早早起来，到酒馆去买酒喝。当然，李白每天都要喝酒的，一天不喝酒恐怕便活不下去了，他已经完完全全成了酒鬼啦。采石矶有三家酒馆，李白换着家喝。这天，他来到鲁家酒馆。这个鲁掌柜人不大好相处，比较奸猾，对酒馆里的伙计非常苛刻。

李白走进酒馆，鲁掌柜正躺在椅子上哼小曲。他眯着眼瞟了一眼李白，心想：这个穷诗人没几个钱，就示意伙计不要搭理李白。可伙计偏偏热情地招呼李白，临走，还把上等的美酒给李白灌了一壶。这下，鲁掌柜可躺不住了，站起身，说："小店屋檐太低，酒池太浅，经不住翰林这样大酒壶装呀。"

李白不愿意与他争辩，也从没想过占他的便宜，就拿出最后一些银子往柜台上一扔。鲁掌柜立刻满脸堆笑："是我有眼不识泰山，没想到李翰林还有这么多钱。快，给大人找钱。"

李白一挥袖子："算了，别找了，下次再来。"

鲁掌柜立刻眯着眼收起了银子。

第二天，李白又来了，伙计为他灌上一壶酒。第三天、第四天……鲁掌柜有点不耐烦了，就支开伙计，悄悄往李白的壶里兑水。

李白喝了一口，觉得味道不对，也没说什么。鲁掌柜见李白没发现，第二天就多兑了水。李白还是没说什么，后来，他干脆给李白的壶里全灌了水。这回李白一喝，立刻吐了出来，但也不好意思去找他理论，出了店门，他肯定不承认。

夜深人静，李白在床上睡不着，想写点诗吧，写不出来，没喝酒，啥也写不出来。现在可好，唯一能激发灵感的酒也没了，喝了一肚子凉水。他叹了口气，听着房檐下淅淅沥沥的雨声，心里无比凄楚。

没有酒喝，不写诗，他的人生突然成了空白。他忽然觉得自己这辈子好像除了这两件事也不会干别的了。他非常郁闷，独自在江边徘徊。李白走过一间茅舍，见院子里有位头发花白的老人朝他点头微笑。

"恩人请进屋坐坐吧。"老人对他说。

李白很诧异："老人家，您认识我？为什么叫我恩人？"

老人眼睛立刻湿了："我老家在幽州，那年遭灾荒，我和老伴带着孩子到山上剥树皮吃，忽然有只老虎从树后蹿出来。正巧有一支箭飞过来，射死了那只虎。我们一家三口才死里逃生呀。"

李白忽然想起来了，忙摆手："那不算什么，我也是路过，刚好看见了。"

"我家里贫穷，无以报答，恩人朋友遍天下，更不需要我帮助什么。我一直跟随着您到了金陵、庐州，又到了采石矶。您走到哪我跟到哪，希望有一天能帮助大人做点什么。"老人说。

李白感动得眼泪掉了下来："您的孩子在哪儿？"

"在酒馆里帮工，就是总是违背鲁掌柜意思，给您装好酒的那个小伙计。"说着老人进屋里抱出一大坛子酒，"恩人，我自己酿的酒，快来畅饮吧。"

李白一见到酒立刻精神了，他接过杯来，痛饮了好几杯。李白眯着眼跌跌撞撞地跑到门外的石台上，叫人拿笔。

老人知道他是要写诗了，赶快递上早已准备好的笔墨纸张。

李白望着门前滚滚的江水，提笔写了《望天门山》：

> 天门中断楚江开，碧水东流至此回。
> 两岸青山相对出，孤帆一片日边来。

老人接过诗，恭恭敬敬地贴到墙上，并且逢人就显摆。渐渐地，大家都知道老汉家有大诗仙李白亲笔写的诗了，都跑来观看真迹。

老人自豪地说："仙人喝了我酿的酒才写出这样的好诗！"

一听这话，来的人更多了，而且人们来了全都坐下喝上两杯老汉酿的酒。后来，老汉就干脆开了家酒馆。因为人们是奔着李白的诗来的，所以就叫太白酒家。

后来，鲁掌柜听说了这件事，又看见老汉家的生意那样红火，就带着许多银子来请李白题诗。李白哪里会给他提，摆摆手说："你家酒池太浅，经不住我这翰林大学士喝呀。"

不久，鲁掌柜的酒馆就倒闭了，而老汉的酒馆却越来越火。

一年之后，老汉去世了，李白非常难过，一连三天，每天都来到江边，把酒倒进江里，并写了一首悼亡诗《哭宣城善酿纪叟》：

> 纪叟黄泉里，还应酿老春。
> 夜台无李白，沽酒与何人？

李白的身体越来越差了，逢着天气好，感觉还不错的时候，也出去走走，但都是就近了。有时候附近的好友会约他出去喝点酒聊聊天。九月九日这天，艳阳高照，桓温尝约他去县东南的龙山登山。他拄着拐杖跟随，每走几步就要歇一歇。看着沿路开着的金黄色的菊花，李白觉得那朵朵小花都在嘲笑自己。到了山中央的一个亭子处，他们坐在那里喝了点酒。李白写了一首《九日龙山饮》：

> 九日龙山饮，黄花笑逐臣。
> 醉看风落帽，舞爱月留人。

九日这天登上龙山宴饮，黄色的菊花盛开，似乎是在嘲弄

我这个逐臣。醉眼看着秋风把我的帽子吹落，月下醉舞，明月
留人。

又过了半个月，天气变凉了，风里夹着冷气，李白觉得越
来越无力，挂着拐杖在风中也站立不了多久，就得立刻回屋躺
着。感觉稍稍好些，他就起来整理自己的诗稿。到十月下旬
时，他时而昏迷，时而清醒。他意识到自己时日不多了，就派
人捎信给叔叔李阳冰，让他来一趟采石矶，有事情交代。

夜里，冷风吹着窗棂嘎吱作响，江边的水也似乎呜咽哀鸣
一般。李白吃力地坐起来，点亮油灯，铺好纸，拿起笔，在纸
上一笔一顿地写道：

临　终　歌
大鹏飞兮振八裔，中天摧兮力不济。

馀风激兮万世，游扶桑兮挂左袂。

后人得之传此，仲尼亡兮谁为出涕？

这算是他的遗言了吧，他仍然自比大鹏鸟，说大鹏振翅而
飞振动八方，在中天被摧折，力所不济。虽然被摧折了，余风
仍然可以激扬万世，在扶桑游历又挂住左翼。力虽不济，后人得
此余风可传此事迹。然而世无孔子，谁能为我的摧折而哭泣呢？

李白总结自己这一生，有远大的理想，执着于理想，同时

也为理想辗转追求了一生。

李阳冰到的时候，李白已经躺在床上昏迷不醒了。

"太白，我来了，你可听得见？"李阳冰呼唤着。

李白慢慢睁开眼，将怀里的诗卷交给李阳冰："烦请叔叔费神，帮太白整理成集，希望留于后人。"

李阳冰接过诗稿，点头答应："不要着急，静心修养，天亮医生就会来为你诊脉的。"

李白轻轻摇摇头，没再说什么。

因为之前不久，李白刚刚登临龙山，所以李阳冰带着李白的儿子伯禽将他葬在龙山。伯禽留在龙山守孝。李阳冰则着手整理李白的诗稿，编成《草堂集》十卷，并撰写了序。在序中，他这样写道：三代以来，《风》《骚》之后，驰驱屈、宋，鞭挞扬、马，千载独步，唯公一人。

一代诗仙，贫病交加，寂然而逝，让人想起他的那首《上李邕》：

> 大鹏一日同风起，扶摇直上九万里。
> 假令风歇时下来，犹能簸却沧溟水。
> 世人见我恒殊调，闻余大言皆冷笑。
> 宣父犹能畏后生，丈夫未可轻年少。

似乎看见诗人幻化成大鹏，飞上空中，长翅展开，在风中有力地盘旋，时而俯冲而下，直击沧海，是何等的气魄呀！

尾　声

寂寞身后事

　　李白死后四十五年，有位叫范传正的观察使，读了李白的《草堂集》无比崇拜，按照地图找到李白的坟墓。那时候李白的墓上已经长满荒草，而墓旁的两株枣树结满了枣子，不时有孩子和山里耕种的农夫来采摘。

　　范传正派差役在这里看守，并立了碑文，严禁行人来采摘破坏。他找到时任当涂县县令的诸葛纵："我读仙人之诗，独钟情于青山。那青山就在龙山对面，乃是谢灵运常去的地方，而且谢公也在那里建了宅院。"

　　"范兄所说极是，在《草堂集》里，诗仙多次提到'青山日将暝，寂寞谢公宅''宅近青山同谢朓，门垂碧柳似陶潜'。"诸葛纵也附和。

　　"我想诗仙生前定是要与谢公居于一处的，不如我们将诗仙迁至青山如何？"范传正说。

"应该征求一下诗仙后人的意见。"诸葛纵说。

于是,他们四处打听,终于打听到,李白死后,他的儿子伯禽迁居到当涂并在这里守墓,但是也已经逝去二十五年了。

后来,又多方打听,终于找到了李白的两个孙女。

当那两个孙女来到范传正跟前时,他不由得心中一阵凄楚。因为她们无论是从穿着、举止、言行看都是普普通通的村妇了。她们均已成家,嫁给了当地的农人。

范传正问:"诗仙后人中除了你们还有谁在?"

一个孙女回答说:"父伯禽于二十五年前就过世了,有兄一人,出游十二年,不知道在哪儿。父亲活着的时候不是官,死后也是普通平民,有兄弟一人,也不能给我们庇护。我们姐妹只能像所有农妇那样养蚕织布维持生计,对任何人也不敢提自己的祖父是有名的诗仙,免得为祖父徒增耻辱。"

范传正听后心中凄然,又问:"根据诗仙诗里所写,我想他生前极想葬于谢公常去之青山,有为之迁坟重修之意,你们意下如何?"

"先祖志在青山,殡于龙山东麓,地近而非本意。"李白的孙女回答。

有了这句话,范传正再也没什么疑虑的,就把李白的墓迁到青山西麓,并亲自为新墓撰文:谢家山兮李公墓,异代诗流同此路。

查遍史书,关于李白后人的记载仅限于这些:伯禽一生平平,未考取功名,于李白死后三十年过世。女儿平阳出嫁后不

久就死了。天然和颇黎没有任何记载，或许也是平平庸庸之
人，又或许像他的孙女所说，不忍因为自己的无能玷污了祖先
的英名，隐姓埋名了。让我们用李白生前知己杜甫的诗来结束
这本书吧——

梦李白二首（其二）

浮云终日行，游子久不至。

三夜频梦君，情亲见君意。

告归常局促，苦道来不易：

江湖多风波，舟楫恐失坠。

出门搔白首，若负平生志。

冠盖满京华，斯人独憔悴！

孰云网恢恢？将老身反累！

千秋万岁名，寂寞身后事。

　　天上的浮云每天都在飘来飘去，远游的老朋友却久久还不
归。夜晚我屡屡梦见你，可知道我对你的情意。分别时你总是
神色不安，诉说着路途艰险不易。你总说江湖上多风险，担心
船被海浪掀翻。出门时搔着满头白发，悔恨辜负了凌云之志。
高大的车华丽的服饰满京城可见，才华盖世的你却神形憔悴。
谁说天理公道不欺人，迟暮之年却无辜受到牵连。你的美名将
流传千秋万代，可是生前却是这般悲凉孤寂。